JN052970

蜜夢 MITSU YUME

私を（身も心も）捕まえたのは史上最強の悪魔Dr.でした

連城寺のあ
Illustration 氷堂れん

©Noa Renjouji / Ren Hido TAKESHOBO

NOT FOR SALE ※無断転載・転売を禁じます

午後三時、向井総合病院内のコーヒーショップに白衣姿の美丈夫が現れた。

彼の名は大澤光晟《おおさわこうせい》。予定していたオペが中止になったのをいいことに、歯科受診を予定している妻と待ち合わせをしているのだ。

常に多忙な彼がのんびりコーヒーを飲んでいるものだから、店にやってきた職員がざわめき立つ。

「大澤先生がサボってる！　超レアじゃん」

「本当だ、今夜は雪が降るかもね」

「五月なのに？　やめてよー」

そんな外野の騒ぎには目もくれず、駐車場を見つめている姿は、さながら標的を待つスナイパーのようだ。

ほどなくして赤い小型車が駐車場に滑り込んできた。ドアが開き細身の女性が現れる。妻の理子《さとこ》だ。

店のガラス越しに夫を見つけると、とびきりの笑顔を向ける。大澤が席を立とうとしたその時……。

「大澤先生！　あの、同席してもよろしいですかぁ？」

白衣を着た小柄な女性とその連れがドリンクを手に声をかけてきた。

（誰だよ？）

内心で毒付きながら大澤は立ち上がった。

彼女達に見覚えはないが、名札を見て四月に赴任してきた研修医だと判明した。

白衣の下の華美な洋服とアクセサリー、完璧な化粧と媚びを含んだ笑みを一瞥しただけで、相手にする必要がないと判断した。

「忙しいので失礼する」

「えっ……？」

彼女らを放置して妻の元に急ぐ。大澤を見送りながら連れの研修医がボヤいた。

「ほら、だからやめとけって言ったのよ。大澤先生を狙うなんて命知らずだよ」

「えー、だってカッコいいのに勿体無いじゃない。奥さん大したことないし、簡単に奪えそうよ」

失礼な発言を大澤の地獄耳が拾う。回れ右をして研修医の元に戻るが、その凄みのある形相に居合わせた職員達が何事かと震え上がる。

「君、何科の研修医？」

逃した魚が戻ってきたので、研修医はシナを作って笑顔を向けた。大澤の冷たい表情には気がつかない。

「はいっ！　私、麻酔科のぉ……」

「君は俺に関心があって声をかけたのか？」

「えー、そんなはっきり言われるとぉ……」

「自分に自信があるのは結構だが、俺の妻を大したことないなどと貶さないでいただきたい。君の態度は上司に報告するから首を洗って待っているんだな」

「えっ……？」

そう言い捨てると、大股で出口に向かう。

研修医は大澤の言葉の意味をようやく理解すると、ヘナヘナと椅子に腰を下ろした。

「なんで私が怒られるの？　上司に報告って何？」

今まで散々女の武器をチラつかせて楽々と泳ぎ回っていたのだろうが、大澤には通用しない。

イケメン医師に声をかけて、つまみ食いできると思っていた研修医は、誘う相手を間違えたことを悟ったのだった。


店の入り口で待っていた理子は、夫が若い医師を叱っているのだとすぐにわかった。

「光晟さん、何をしたの？」

「あ？」

「ほら、あの女の人を泣かせたんじゃないの？」

見ると、研修医がテーブルに突っ伏している。店内の病院スタッフ達が、呆れ顔でその研修医をチラ見しては通り過ぎていた。

「人としての基本を教えただけだ。問題ない」

「もー、粗《あら》が目についても笑って許してあげなくちゃダメよ。後輩を怖がらせてどうするの？」

「よその女の粗なんか目に付かない」

「本当？」

「ああ。俺は理子しか視野に入らないからな」

「……！」

ドヤ顔で言い切られて理子の頬がジワジワと熱くなる。

この男、たまにラブ爆弾を落とすから油断ならない。

「光晟さんって、めちゃくちゃ視野が狭いのね」

「俺には褒め言葉だな。そろそろ時間だ、歯科に行くか？」

「う、うんっ」


こうして大澤は、また一つ愛妻伝説を残したのだった。

スペシャルギャラリー

【キャララフ】

TAKE
SHOBO

私を（身も心も）捕まえたのは史上最強の悪魔Dr.でした

連城寺のあ

ILLUSTRATION
氷堂れん

蜜夢
MITSU YUME

CONTENTS

MITSU YUME

イラスト／氷堂れん

私を
身も心も
捕まえたのは
史上最強の
悪魔《デーモン》Dr.でした

Watashi wo
mi mo kokoro mo
tsukamaeta noha
shijousaikyou no
DEMON DOCTOR
deshita

1　出会ってしまった

「高速バスで行けば良かったかな……」

私、立花理子《たちばなさとこ》は今、生まれて初めて愛車で高速道路を走っている。時速八十キロメートルで走行しているのだけれど、これが一般的には平均以下の速度なのはわかっている。とは言っても、これでもかなり必死にアクセルを踏み込んでいるつもり。いつもは自宅から大学までの距離を時速四〜五十キロメートルで走っているものだから、他の車の速度が怖くてたまらない。家を出てからまだ三十分そこそこなのに、掌はじっとりと汗をかき、肩はガチガチに固まっている。

「怖いよーー。マジで泣きたい」

私が高速道路を運転している理由……それは、友達の朋美《ともみ》の結婚式に出席するためだ。

朋美とは大学で知り合った。同じ学部で同じ学科、おまけに選択コースも同じで、顔なじみから友達になるのに、たいして時間はかからなかった。朋美の実家は代々続く広島の酒造会社で、私とはすこし環境が違うけれど、父親がとても厳しいという共通点があった。

婚約者の海外勤務が決まって、卒業と同時に渡航する予定だ。在学中に結婚式を挙げることになったので、招待された友達の間では余興の打ち合わせでかなり盛り上がった。私は真っ赤な軽自動車で、山陽道を走り抜けて広島へ向かっている。およそ三時間のドライブが始まったばかりなのに、すでに車で来たことを後悔していた。最初は良い考えだと思えたのだけれど……。

四年の大学生活の間、通学やバイトの足になってくれた愛車とは、東京での就職を期にサヨウナラをするつもりだ。だから、この旅行で走りおさめにしようと思っている。

私の実家は郊外にあり、大学までのアクセスは車に頼らなければどうにもならなかった。近所の修理工場のおばさんから五万円で譲ってもらった車は、古い割には状態が良く、通学やバイトの足として頑張ってくれた。今だって、時速八十キロメートルで走っているにも関わらず、エンジンやタイヤの状態は問題ない。ポンコツなのは運転者の私だけなのかもしれない。

それにしても、高速道路とは本当に怖い所だ。今私を追い抜いた車は、瞬きをする間に、遙か彼方に走り去ってしまった。一体何キロ出しているのだろうか？　異常だ。

もうすでに、私の緊張はピークを越えてしまっている。ビュンビュンと驚異的な速度で追い越していく車に恐れをなして、気を失いそうなのだ。

それでも、瀬戸大橋にさしかかると、視界が一気に広がって、美しい風景が目に飛び込んでくる。真っ青な空と海は、それはもう感動ものだ。綺麗《きれい》な景色を目にしたおかげで、少し元気が出てきた。広島まで頑張って走り切ろうと腹をくくった。そのうちに、バックミラーを覗く余裕も出てくる。ふと……愛車の後方を同じスピードで走るバイクに気が付いた。車間距離を縮めて煽るわけでもなく、一定の距離をおいて走っている。まるで、この車をペースメーカーにしているみたい。

そのバイクのおかげで、恐怖感が薄れてちょっぴりありがたかった。

（バイクなのにスピードを出さないって、オジサンライダーかな？）

なんて、失礼なことを考えながら……。バイクは真っ黒でかなり大き目だ。外国製なのかもしれない。（私の車が百台買える値段じゃないかな？　いや、誰がボロボロの軽自動車を百台買う！）などと、一人でボケツッコミをする。そのうちに、前方にＰのマークを見つけてホッと息をつく。

「うれしーい！　やっと休める」

これからが高速の本番だというのに、もう十分《じゅうぶん》走り切った気分でいる。車のウインカーをカチカチさせて、与島《よしま》のパーキングエリアに入る。車を停めてサイドブレーキを引くと、フーッと大きな息が漏れた。

「緊張するなぁ、もう」

大きな伸びをすると、車の天井に手がついた。この狭い車内とも、卒業したらさようならかぁ。そう思うと、感慨深い。とりあえずパーキングエリアで朝食を買うことにして、キーと財布を手にドアを開けて外に出る。鍵をかけようと俯《うつむ》いたら、急に体がグラッと揺れた。キーンと耳鳴りがして、目の前が真っ白になって焦る。必死でドアにしがみ付いて、傾きそうになる体を支えた。

（マズイ、倒れる……）

わかっていながら、体勢を戻すことができない。私はドアにしがみ付いたまま、ずるずるとアスファルトに倒れ込んでしまった……。


「うっ……」

気が付いて目を開きかけたけれど、やけに眩《まぶ》しくて目をすがめる。耳鳴りが聞こえて、また目を閉じた。しばらく横になっていたのだけれど、何となく後頭部に違和感が……。

アスファルトの上に倒れ込んだはずなのに、何故か私の頭は、温かくて少し硬いものに支えられている。おまけに、どこからともなく蠱惑《こわく》的な香りが漂ってくる。

（えっ……何か変。これ、なんだろう？）

頭の側に手を伸ばして、支えているものを触った。それは、ゴワゴワした厚い生地……そしてその下は、どう考えても固くて温かい人肌だ。それに、私の足には黒い革の衣類が掛けられている。状況が飲みこめずに狼狽《うろた》えて、心臓がドックンドックンと激しく鼓動した。

（えっ、何、どういうこと⁉）

「そのままの姿勢で、しばらく寝ていなさい」

命令口調の男性の声が、私の頭上から響いた。それはとても深みがあって、こんな時でなければうっとりと聞きほれてしまいそうな美声。

「は、はいっ」

体を横たえたまま、有無を言わせない男性の言葉に従っていた。しばらくすると耳鳴りが消えて、手足を動かすことができるようになった。頭を上げて、声の主を見上げる。かけていたはずのメガネがないので、焦点が定まらず男性の顔がよく見えない。

「誰？」

まだ頭が朦朧《もうろう》としていたので、私は唐突に男性に声をかけていた。

「俺は、君を助けた人。アスファルトに倒れ込んだから焦ったよ、頭を打つとヤバイでしょ」

「あっ……！」

自分を助けてくれた人に、胡乱《うろん》げな視線を向けてしまうなんて最悪だ。慌てふためいて男性の腿から転がりおりると、正座をした。

「すみませんっ。……あの、ありがとうございました」

そのまま三つ指をついて頭を下げる。

「いいえ、どういたしまして。はい眼鏡」

男性が含み笑いをしながら、腰を屈めて眼鏡を渡してくれた。

「あっ、眼鏡無事だった！　よかった」

受け取って直ぐに装着する。レンズの向こうには、黒い革のジャケットを拾った男性が私を見下ろして笑っていた。ただの男性ではない。こちらが気後れするほどのイケメン。

ううん、最上級の大人の男性だ。その後ろには、あの漆黒のバイク。

「あっ、後ろを走っていたライダー……さん？」

「気が付いていたんだね。後ろを見る余裕なんてなさそうだったのに。高速は初めて？」

全部見破られていたことに驚きながら、私は男性の質問に答えていた。

「はい、高速は初めてなんです。それで緊張しすぎてこんなことに……すみません。助けてくださって、ありがとうございました」

とにかくお礼が言いたくて、立ち上がって頭を下げる。男性は私の肩に手を添えると、やんわりと釘をさす。

「おいおい、急に立ちあがるとまた倒れるよ。ほら、言わんこっちゃない」

頭を上げるとまたよろけてしまう。男性に支えられて、私はまた『ごめんなさい』を繰り返した。

それにしても、すごく背が高い。百六十センチの私が、見上げないと顔を拝むことができない。けっして筋肉隆々というわけではないのに、側にいると威圧感を感じる。至近距離で目にした肌はなめらかで、黒目がちな目は一重なのに大きくてとても印象的だ。額からスッと伸びた鼻梁は高く、唇は軽く微笑んでいる。

オーラを感じるほどの美丈夫に、私はすっかり見とれてしまった。

「私、食事をしようと思って……あの、よかったら……」

助けてくれた人を遠ざける訳ではないけれど、こんな出来事は初めてで、どうして良いのかわからない。せめてお茶に誘いたいのだけれど、相手が素敵すぎて気後れしてしまう。

「付き合うよ。でないとまた倒れそうだ」

男性はそう言うと、転がっていたヘルメットを拾い、バイクのボックスに放り込む。真っ黒なバイクは、近くで見ると増々大きく見える。こんなバイクを簡単に操るなんてすごい。革製のボストンバッグを無造作に括り付けているのが何となくワイルドだ。彼が近づくと、またレザーとウッド系の香りが微かに漂ってきた。ジーンズにエンジニアブーツ。三十歳くらい？　ゆったりとした動きが魅力的。

大人の男性とは無縁な私にも、この人の魅力は判る。


売店でサンドイッチとコーヒーを二人分買って、フードコートに向かう。隣には彼がしっかりと寄り添ってくれていた。

「持つよ」

私の手からスマートにトレーを奪うと、まるで旅の道連れみたいに自然に連れだって歩き、空いていたテーブルに向かい合って座る。

「良かったら、コーヒーとサンドイッチいかがですか？　こんなのでお礼っていうのも申し訳ないんですけど」

「二人分買ってくれたんだね。ありがとう、頂くよ」

彼はまるで以前からの知り合いみたいに、私との会話を続けてくれる。片や私はカチンコチンに緊張していることを悟られないようにと、ぎこちない笑顔を彼に向けていた。

助けてもらったお礼にと、サンドイッチとコーヒーを買ってはみたものの……彼にはフードコートが全然似合わない。まわりには家族連れや夫婦、恋人同士、バイクのツーリングの仲間同志など、様々な人がいるけれど、そんな人達とは何処か異質で、まるでこの世界に迷い込んできた武士《もののふ》みたいだ。オーラがありすぎるというか、とにかく浮いている。私は思わずそれを口にしてしまった。

「あの……フードコートが似合わないですね。一人だけ別世界な感じです」

「俺か？」

くだけた話し方も嫌じゃない。というか、嬉しい。彼の口調が崩れてきても、会話が自然すぎてつい受け入れてしまう。

「はい。いい意味で場違いな感じです」

「意識したことなんてなかった。ここで飲み食いすることは多いんだけどな」

「よく利用するんですか？」

「長距離のツーリングの時は、だいたいこういう所で腹ごしらえをするんだ」

「へえ。バイクが趣味なんですか？」

彼の会話はとてもフランクで、いつしか私はそれを楽しんでいた。

「バイクは好きだよ。でも、いつも長時間乗れるわけじゃないから、こういう時に楽しむことにしている」

「そうなんですね。どちらまで行かれるんですか？　あ、私は広島まで、友人の結婚式に出席するんです」

「俺は学会、同じく広島だよ」

彼の話を聞いて、学者さんかな？　でも学者にしてはワイルドだなあ……などと考えながら、サンドイッチを手にした。一口かじるとすぐにナプキンの上に下ろす。パンがパサパサで食欲がわかない。彼の方は、私が渡したサンドイッチを既に完食していた。私の手元を見た彼が、顔を覗き込んで言う。

「ちゃんと食べないと、また倒れるよ。脳虚血《のうきょけつ》をバカにしてはいけない。パンは味気ないけどハムは旨かった。食べなさい」

「は、はいっ。すみません、なんだか……お医者さまみたいですね」

サンドイッチをかじりながら彼を見上げると、また苦笑いをうかべている。

「そうだよ、俺は医者だ」

「あっ……お医者さまだったんですか。学会だと言われていたので、大学の先生かと思っていました」

「学者って柄じゃないな。体力だけが自慢の外科医だ」

それから、私達は名字だけの自己紹介をした。彼は大澤《おおさわ》さん。大学病院の外科医。私も名字を告げて、製薬会社に就職が決まっていることを話した。お互いにコーヒーを飲み終えると、彼が立ち上がった。

「血色が戻ってきたから、もう大丈夫だな。広島までは長いから、自分のペースで走って絶対に無理をしないように」

「はい、わかりました。ありがとうございました」

立ち上がろうとする私を制すると、彼は軽く手を挙げて去っていった。見送る私を振り返ることはなかった。あまりにもあっさりとした別れに、少しだけ残念な気持ちになる。

「行っちゃった……」

二度と会えないんだ。そう思うと、すごく残念だ。でも、また会ったとしたら、それはそれで気まずい感じがする。

素敵な男性との出会いを次に繋げることもできなかった。そう、私は小心者なのだ。慣れないことはしない方が身のため。二十二年間生きてきて、私が身に着けた処世術は、地味ぃ〜に、真面目に、コツコツと。

そうすれば、自分らしく平穏に生きていけると思っている。大きな興奮や歓びもないけれど、静かで穏やかな毎日……。製薬会社への就職が決まったし、これからは本当の意味で自活できる。誰にも口出しされずに、意見を押し付けられることもなく、自分の力で地道に生きていきたい。

私の父は、一代で食品卸売会社を設立したワンマン社長だ。本社ビルの他に県内外に営業所と二つの店舗を持ち、今も事業の拡大を計画している。おまけに、プライベートブランドの菓子材料はネット通販で大人気だ。一人娘である私への口出しはとにかく多い。

地元の国立大学に入学したまでは良かったけれど、と言うと激怒された。入学金と前期の学費は出してくれたものの、『卒業までの残りの学費は、自分で工面しろ』と宣言された日のことは、今でも忘れられない。あれは晴天の霹《へき》靂《れき》だった。

おかげで私の大学生活は厳しいものとなった。奨学金制度は、親に一定以上の収入がある場合、申請しても門前払いをくらう。大学を辞めるしかないのか……と絶望しかけたが、母が父に内緒で学費を工面してくれることになった。父の秘書をしている従兄の佑樹《ゆうき》さんも援助を申し出てくれた。しかしそれはあまりに申し訳ない。

佑樹さんの気持ちだけありがたく受け取った。母からは無利子の奨学金を借りたつもりで、毎月バイト代の三分の一を返済に充てた。残りは書籍の購入や昼食代などに使う。

楽しいはずの大学生活は、苦学生ばりの経済状況で過ごすしかなかった。それでも無理をして車を買ったのは、自宅が郊外にあるために大学とバイト先に通うにはどうしても必要だったからだ。維持費とガソリン代はかかったものの、その分バイトに精が出せたし、行動範囲が広がって、一歩も二歩も大人になれたような気がした。

（それでも母への返済は就職しても続くんだけど……）

学費の半分も返せていないので母には頭が上がらない。おまけに、私は会社を継ぐ気がないと宣言したものだから、父の態度は増々厳しくなっていくばかり。『家業を継いだら楽にさせてやる』なんて父の言葉につい頷きそうになるけれど、私にも意地がある。子供の頃から父と衝突し続けていたのだけれど、この一件で対立は決定的になった。

万が一社長になっても、いつも仕事に追われて、家庭も自らの健康も顧みない父みたいな生き方は嫌だ。身の丈に合った仕事をして、穏やかに慎ましく暮らしたい。

だから、旅の途中で出会った外科医なんて、私とは住む世界が違う。

とは言っても、彼のいいつけを守って、高速道路をマイペースで走ること三時間。やっと広島市内に入ることができた。片道三車線の大きな通りに入ると、肩の力が抜ける。しかしホテルまでは安心できない。信号待ちでは、カーナビアプリの案内を聞きながら進行方向を確認する。他の車の流れに乗って走っていると、今夜泊まるホテルが見えてきた。

広島市内の一等地に建つこのホテルは、今回結婚する朋美が手配してくれたもの。結婚式と披露宴もこのホテルで行われる。デパートやショッピングモールが隣接していて、買い物や食事にとても便利なのだ。ホテルのロータリーに停まっている他の車が国産の高級車や外車なので、私の車はかなり見劣りするが気にしてもしょうがない。誘導された駐車場に停めてロビーに向かう。

チェックインを済ませてエレベーターの前に立つと、前方の二人連れの女性が、入り口付近をガン見してヒソヒソ話をしている。なんとなく気になって目を向けると……。

「あっ」

思わず声が出て、慌てて顔を背ける。パーキングエリアで私を助けてくれた大澤さんがエントランスから入ってくるところだった。肩には旅行鞄、レザージャケットを手に大股でロビーを横切っている。

笑っちゃうくらい、恰好良すぎ。しかも、本人はそのことに全く無頓着に見える。この再会にどんな顔をすればいいのかわからなくて、彼と顔を合わせるのを避けようと、俯いたままエレベーターの前に移動した。なかなか下りてこないエレベーターを、ジリジリしながら待っていると、後方から、ガツン……と重い足音が響いた。私の前の二人連れが、声にならない『キャー』を発したのがわかる。彼ではありませんように……と願いながらも、近づいてくる足音は彼のものだろうと予想していた。やがて、肩がポンと叩かれた。

気後れと期待が入り混じる心境で、私はゆっくりと振り返る。すぐ後ろに彼、大澤さんが立っていた。その姿を見て、私の心臓はバクバクと音を立てた。

(乱れた黒髪のイケメンはどれほど罪なのかを知っていますか？　大澤さん)

「同じホテルとはね」

「はい、ホントに……」

エレベーターに乗り込む二人連れの視線が痛い。自分が乗るはずだったエレベーターを、複雑な思いで見送った。

「明日が友達の結婚式なんだよね？」

「はい」

彼は、汗ばんだ額にかかる髪をかきあげて、会話を続ける。この話の落ち着く先はどこなんだろう？　まさか、誘われるってことはないよね？　などと、私は息をつめて彼の言葉を待った。

「今夜は何か予定ある？」

「いいえ、特には……」

「じゃあ、夕食付き合ってよ。一人じゃつまらないし」

「う……」

うそっ！　いいのかな？　どうしよう……と、数秒ほど迷っていると、返事を待っていた彼が口を開いた。

「携帯の番号は？」

拒否されることを知らない人特有の口調だ。彼に逆らうのは難しい。私は思わず早口で携帯の番号を伝えていた。

2　想定をはるかに超えました

「六時に電話をするから、その時に食事に付き合ってくれるかどうか返事をして」

そう言うと、彼はフロントに戻っていった。

自分の部屋に入っても、ドキドキが収まらない。

忙しいだろうから電話をするのは遠慮しようと思って、明日結婚式を挙げる友達にメッセージを送った。『お医者さんと高速のパーキングエリアで知り合って食事に誘われた』『どうしよう』『行くべき?』

メッセージを三連発したのだけれど、やはり忙しいのか返事が来ない。落ち着かないので、外出することにした。

ホテルから出ると、すぐにハイブランドのショップが立ち並ぶデパートがある。ぼんやりそれらを眺めていると、母の愛用品と同じものがウインドウに飾られていた。やっぱり素敵……でも、目の毒だ。

昨夜も、『贅沢したかったら、意地を張らずに家業を手伝え』と父から言われた。思い出したただけでも心が波立つ。言い方が最悪だし、お金をチラつかせて娘を思い通りに動かそうという魂胆が気に入らない。私の父は、どうして普通のお父さんみたいに穏やかな愛情を与えてくれないのだろう？　子供の頃からそう感じていた。まず家であまり顔を合わすことがないし、運動会や父親参観にも来てくれない。一年中忙しく飛び回って、会社と一心同体の生活。家族よりも、秘書の佑樹さんと過ごす時間の方が絶対に多い。

おまけに勉強や生活態度に超絶厳しくて、子供の頃から父を見かけるといつも緊張した。頑張って国立大学に合格したのに、喜んでもくれなかった。法律を学んでほしかったと後で母から聞かされたけれど、興味がないのだから無理な話だ。

毎日勉強とバイトで忙しくて、華やかな学生生活や贅沢とは無縁の毎日。あまり顔を合わせないから、大きな衝突はなかったけれど、たまに家にいる時にはガミガミと叱られる。こんなに頑張っているのに、なぜ否定され続けなければいけないのだろう？　いつも悔しくて唇を噛んだ。

『役に立たない娘が、食べさせてもらうだけありがたいと思え』それが父の口癖。

それでも、母とは普通の親子なわけで、お洒落好きな母に同行して買い物に行くので、良いものを見る目は養われていく。母が内緒で色々買ってくれようとするけれど、それを受け入れたら、父に負けるみたいで嫌だった。自分の意地を通すと母を悲しませてしまう状況が悲しくて、本気で泣きたくなった。それでも母は食い下がり『あなたに買うんじゃなくて、貸すのよ。それなら良いでしょう』そう言って、今回も就職のために必要なものを揃えてくれたのは、やはりありがたかった。

友達が人気のショップで買い物をして流行の服装をしている中で、私はファストファッションに身を包み母のお下がりのバッグを手にしていた。友達からは『OL理子』という仇名がついた。そんな仇名も気にはならなかったけれど、友達とはかなりずれたファッションセンスだったという自覚はある。血眼になって勉強とバイトに勤しむ態度も、他の学生からみれば珍しかったのか、わりと遠巻きに見られていた感がある。そんな、マイノリティーな私にも、新入生向けの少人数構成のゼミで心を許せる友達ができた。その数少ない友人が、明日結婚する朋美だ。

朋美も父親に厳しく育てられたらしく、幼少時代の〝思い出あるある〟が合致したことが、仲良くなれた要因なのかもしれない。明日朋美は、高校時代から付き合っていた先輩と七年越しの恋を実らせて結婚する。遠距離が四年も続いたのに、それだけの間よく続いたものだと感心する。そんなことをボヤーっと考えていたら、その朋美から返事が届いた。

『なに悩んでんの』『行くしかないでしょ！』『行けー』

返事も三連発だ。朋美ならそう言うだろうと思っていたから、クスッと笑ってしまう。

返信しようとすると、いきなり着信があった。

「もしもし理子？　ねえイケメン？」

「渋いイケメンだよ。ごめん、忙しいんでしょう？」

「忙しいよ。あのさ、絶対に行きなさいよ」

「そう？」

「変質者っぽくはないんでしょう？　食事だけならイイじゃない！　名刺貰っちゃえ！」

そりゃそうだ。変質者どころか、倒れた自分を助けてくれた親切な人だ。

「うん……。でもさ、何で私を誘うんだろうと思って」

「何歳くらい？」

「三十歳ちょいくらいかなぁ」

「理子って、上品で可愛いから」

「朋美……何か悪いもの食べた？　大丈夫？」

「何言ってんの！　理子の良さは、見る目のある人にはわかるわよ」

「なにそれ、おだててどうするつもり？」

「もーっ、行きなさいったら！　……あ、ゴメン呼ばれてる。じゃあ今夜報告してね！」

話の途中で、あっさりと電話は切られた。

仕方ない、お好み焼きでも食べるか……ということで、おこのみ村へ行くことにした。


キャベツたっぷりのお好み焼きを完食したのでお腹が苦しい。彼と夕食を一緒になんて、お腹に入るかな？　大丈夫だろうか？　そんなことを考えるあたりで、すでに誘いを受ける気でいる自分に驚く。助けてくれたとはいっても、職業と名字しか知らない人と夕食をするなんて考えられない。でも私の携帯番号だって、早口で言ったから憶えていないかもしれないし、彼の気が変わる可能性だってある。

電話がなければないで少し落胆するかもしれないけれど、平穏な旅行になるからそれはそれでいいかも。うんそうだ！　他力本願で良いよね。

なんて、電話がかかってこないこと前提で、すっかり気持ちが軽くなっていた。少し歩いて、おこのみ村の近くのファッションビルに吸い込まれるように入っていく。

この日のためにバイト代を貯めたんだから、ちゃんと自分にご褒美をあげなくちゃいけないし……。などと、言い訳をしながら、ショップを物色する。

「あっ、このスキンケアブランド気になっていたんだよねー」

前から興味があったコスメブランドが見つかった。オレンジとバニラの香りのボディークリームを試しに手の甲に塗ると、香りが素敵だったので即購入した。あとは、オンオフ両方に使えそうな綺麗色のカットソーを買った。研修中に着る予定のリクルートスーツにも合うかもしれない。パンプスは黒を持っているので、グレージュを買うことにした。

私が就職する製薬会社は、引っ越しの費用も出してくれる。雇用条件が良くて、福利厚生も至れり尽くせりの優良企業だ。自分でも、良く入社できたなぁ……と感心する。研修が終わって配属されたあかつきには、会社の寮に入りたいとも思っていた。この時の私は、本社勤務を全く疑っていなかったのだ。

ホテルの近くまで戻って、デパ地下でお土産を買い部屋に戻った。シャワーを浴びてサッパリして、コンビニで買ったお水をラッパ飲みしていたら、スマートフォンが震えた。

「はい」

「やけにあっさり出るなあ」

「あ……」

「本当に電話してきたって驚いてる？」

「こ、こんにちは」

「もう、こんばんはの時間だよ」

時計は、もう五時五十分を示していた。買い物に夢中になって部屋に帰り、シャワーを浴びた時点ですっかり大澤さんとの約束が頭から抜け落ちていた。

「何分で出られる？」

「ええっ⁉　さ、三十分下さい」

「OK。じゃあ、六時三十分ね。何号室？」

「迎えに来てくれるんですか？」

「とーぜん」

なぜか、すでに行くこと前提の会話になっている。もう誘いを受けるしかないみたいだ。上手に誘導されて、部屋番号まで教えてしまった。あと三十分しか猶予がないから急いで準備を開始する。

とりあえず、ストレートロングの髪は乾かすだけで良いから、ファンデに乳液を混ぜて薄化粧風にして……。うん、チークは要らないかな。リップグロスだけで良いかも。今日買ったサテンっぽいアプリコット色のカットソーに白いカプリパンツ……ドレスコードってどうなんだろう？

どんな店に行くのかわからないから、迎えに来てくれた時に彼に聞いてみることにした。明日の式で履く予定の、母から借りたラグジュアリーブランドのハイヒールサンダルを履いてみる。

「足元だけゴージャス……」

胸元が寂しかったので、これも母に借りた真珠のネックレスをそのまま一重で身に着けた。なんだかんだ言って、結局父の恩恵を受けているんだな……と少し複雑な気持ちになった。昼間に買ったボディークリームを踝《くるぶし》に少し塗って、鏡の前で確認しているとチャイムが鳴った。

カードキーとスマホ、ハンカチをいれたポーチを持ってドアを開けると……彼が廊下に立っていた。

くすんだブルーのフレンチリネンシャツに踝丈のコットンパンツ、ベージュのスエードスリッポン。

髪はシャワーを浴びたのか、少し濡れていた。

（わ……素敵）

ハイブランドをさりげなく着こなす、余裕たっぷりな雰囲気に圧倒される。

「あの、ドレスコード、これで大丈夫ですか？」

私は彼の前でぎこちなく回ってみた。それを見て、彼が「フッ」と笑っている。

「え？　あの……何か変？」

「回るからさ、カワイイなと思って」

「……」

さりげなく『可愛い』ワードを使われて、妙に焦る。あまり言われたことがなかったし、どんな表情をしたらいいのかもわからない。どうしよう、可愛いって言われちゃった！　可愛いって！　と、私の脳内では、そのワードがリフレインしつづけた。

「いいよ、問題なし」

そう言って、背にさりげなく手を置いてエスコートするあたり、女性の扱いに慣れているみたいだ。大澤さんには脳内リフレインなど聞こえないから当然なのだけれど、完全に挙動のおかしい私を不審者あつかいもせず、廊下を進みエレベーターに乗り込んだ。高速エレベーターは、音もなく三十三階へ到着する。

「最上階、ですか？」

「うん。フレンチを予約できたんだ」

「えっ、フレンチですか？」

直前まで、『行きたくないかも』なんてほざいていたくせに、フレンチと聞いてテンションが急上昇した。でもすぐに、出会ったばかりの女をフレンチに誘う彼の魂胆を怪しんでしまう。

3　恋の始まり？

それにしても、今日出会ったばかりなのに、彼とは波長が合うのか会話はとても楽しかった。相手の理解度が高いせいか、会話が弾んで、時間が経つのも忘れてしまいそうだ。

最上階のレストランは、見晴らしが良くてキラキラした広島の夜景が一望できた。前菜と一緒にワインも頂く。父が家にいない時は、母とワインを飲むことがあるので慣れてはいたけど、今日の赤ワインは少し苦味がある。きっとヴィンテージワインとか、高いものなのだろう。父が輸入食品を扱う仕事をしているせいで、家にワインはかなり置いてあるけれど、私は〝どちらかというとオーガニックのワインが好き〟くらいのレベルで、味がよくわからない。

「ワインにこだわりってあるんですか？」

彼に尋ねると、

「ないよ。勧められるものを飲んでいるだけ」

意外そうな顔をした私に大澤さんは理由を説明する。

「プロが選んだものなら、間違いがないと思っているからね。自分の仕事以外で、こだわりはほとんどないし」

　なかなか合理的な一面をのぞかせる。そうなんだ。車や洋服もそうなのかな？　いろいろと彼のことが知りたくなって、頭の中で質問を整理している間に、私は癖で口をパクパクさせてしまった。

「なにか聞きたそうな顔しているけど？」

「あっ、すみません。あの……洋服にもこだわりないですか？」

「あーないかな……でもまぁ、気に入らないと買わないね」

「そりゃそうですよね」

「君だって、靴にこだわりがあるだろ？」

「靴？」

「今履いている靴は、二十歳そこその女の子のセンスじゃないと思うけど」

「これ、母に借りているんです。選んだのは私ですけど……あ、もしかして私のセンスってオバサンくさいですか？」

「いや。なんで？」

「……いつも母の買い物に付き合っていたせいで、地味好みになっちゃって、友達から『OL理子』ってあだ名をもらったんです」

「OL……。いいじゃん、『BBA《ババア》理子』よりは」

「BBAって……それ言いますかね？」

お前はBBAだ。と言われているわけでもないのに、ちょっと悲しくなってしまう。よく言えば、『大人っぽい』自分の顔がコンプレックスなので、妙に気になるのだ。

「俺から見れば、可愛いとしか言えねーな。足も綺麗だし、あと数年したらもっとイイ女になるよ」

「えっ……⁉」

これは、最大級の褒め言葉ではないだろうか？　私は何故か焦ってしまって、汗がふき出てきた。

「こ、このサンダル、らせんみたいなデザインが綺麗だなって思って」

褒められてしどろもどろになる私を大澤さんはジッと見ている。

「うん、綺麗だな。そういえば、就職先の製薬会社ってどこ？」

「東京の本社勤務です」

ついでに会社名も教えてしまう。彼の勤務する病院を聞いてもいないのに……というか、聞く勇気がないのだ。

「そうか……」

東京だと聞いて、大澤さんが少し残念そうな顔をする。私は今日だけを楽しもうと思っていたので、そんな彼の表情を見て不思議な気持ちになっていた。

「そう言えば学会って……」

「うん。このホテルで明日開催されるんだよ。日本消化器外科学会」

そこまで聞くと、やはり外科医というのは本当なのかな、と思う。勝手なイメージで、遊んでいそうな人なんて思っていたけれど、実はちゃんとした人なのかもしれない。

でも、どうでもいいか！　今日楽しく食事をしたら二度と会えない人だし、これ以降に偶然の再会はないだろうと決めつけていた。

その後、彼はフルネームをちゃんと教えてくれた。名前は大澤光晟《こうせい》さん。彼の専門の消化器系の話を、グロくない程度に話してくれて、すごく興味深かった。

「口の中から肛門まで、実は体外だって知っていた？」

そう訊かれてキョトンとする。

「内臓についてよく知らない人に話すと感心されるから、たまに使うネタだよ」

そう言って大澤さんが笑う。消化管を単純に説明すれば、人体を通る一本の管で他にわかれ道はない。そしてそれは、完全に外界とつながっているということらしい。

「食べ物が入って出るのは外界だろう？」

「そうか……あ、えっ、じゃあ……」

私があることに気が付いて、顔を真っ赤にさせると、大澤さんがニヤリとした。

「察しがいいな。そう、膣も外界とつながっているから体外なんだよ」

「そうなんだ……。想像すると、人の体って本当に不思議」

「それを不思議じゃないものにして、滞りなく毎日を過ごさせてあげるのが、俺達の仕事なんだけどね」

ディナーは美味しかったけど、メイン料理が二種類と量が多かったので、スイーツの前に、胃が破裂しそうになった。彼に打ち明けると、ウエイターを呼んで会計を済ませてしまった。

「屋上庭園が夜間解放されているらしい。行ってみよう」

少し歩いたらお腹がこなれるかもと思い、ついて行くことにする。

レストランを出る際に、受付の女性から食べ切れなかったスイーツとコーヒーをお持ち帰り用にして渡された。

「うわぁ～嬉しい」

「お腹いっぱいだろう？」

「たぶん大丈夫です。屋上が肌寒ければ飲むし」

「別腹ってわけ？」

「そう、それです」

大澤さんがフフッと笑った。私の発言にいちいち笑ってくれるので、なんだか嬉しさで舞い上がりそうだ。

「女の子だな。そういうのが普段周りにいないから、新鮮だ」

「え、看護師さんとか、お友達とか……いないんですか？」

彼女さんは？　本当はそう聞きたかったけれど、詮索しすぎだと思われそうだったので止めた。

「看護師は俺を見るとだいたい逃げるな。友達は、性別は女でも中身はオッサンだ」

苦々しそうに呟くから思わず吹いてしまう。看護師さんが逃げるって、よっぽど怖いってことなのかな？　そんな風に見えないけど。

「イケメンだから、女の人が群がって困っているのかと思っていました」

「それはない。仕事中の俺は厳しいからな、眉間の皺が深くて怖いらしい」

イケメンは否定しないんだね？　でも、どれだけ恐ろしいのだろう？　ちょっと見てみたい気もするけれど……。

「じゃあ、眉間に皺ができていたら、私が変顔して笑わせてあげます」

この時の私は、大澤さんが病院でどれほど怖い人かなんて、全然知らなかったから軽く言ったのだけど、彼の実際の姿を知っていたら絶対に言わなかっただろう。

「本気か？　珍しい奴。まったく、可愛いこと言ってくれるな」

「あの……私、楽しすぎてオカシイのかも。こんなに楽しいのは夢なのかもって思うんですけど、ちょっと頬っぺをつねってもらって良いですか？」

頭上でいきなり吹かれて、彼を見上げる。

「あの、私変なこと言いました？」

「いや、変じゃないよ、むしろ……」

右側を歩く大澤さんの顔を見上げながら、綺麗な顔だなぁ……と思っていた。

そんな私を見下ろして、大澤さんはまた『フッ』と笑う。

「むしろ、いちいち俺のツボにハマるから、たまんねーなって思って」

「たまんねーって？」

「たまらなく、可愛いってこと」

彼を見上げながら、私は一瞬にして言葉を失って赤面した。

「へぇ。ワイン飲んでも赤くならなかったのに、『カワイイ』が赤面ボタンなのか？」

「ボタンって、機械じゃありませんってば！」

恥ずかしまぎれに、ベンチを見つけて座りコーヒーに口をつける。コーヒーのアロマが広がってとても美味しい。お土産に頂いたスイーツも今なら食べられるかも。すると、大澤さんが「食べる？」と、スイーツの箱を持ち上げた。

「いただいてみようかな」

「どうぞ、お姫さま」

「姫って、そんないいもんじゃないし」

照れ隠しに呟くと、大澤さんがスイーツの入った箱を開けて見せてくれた。中にはフォンダンショコラとイチゴのタルトが入っている。

「どっちにする？」

「うーん。迷う……イチゴかな……」

大澤さんはプラスチックのフォークでケーキを切り分けると、私の目の前に差し出す。

「ほら、あーんして」

コーヒーを手にしていてもフォークくらいは持てるのだけれど、せっかく食べさせてくれるのなら……と、私は素直に口を開けた。それを見て、大澤さんが満足げな笑顔になる。

「燕の子みたいだな。大きな口開けちゃって……美味い？」

そう聞かれて、またじんわりと頬が熱くなってきた。きっと私の顔はまた赤くなっているに違いない。おまけに、ケーキを放り込まれて返事ができない。咀嚼《そしゃく》して呑み込むと、コーヒーを一口飲んだ。

「美味しかった！　ありがとうございます。大澤さんも食べます？」

「いや俺は良いよ。部屋に持って帰ると良い。それとも全部食べると太るか？」

「ふふっ。気になるけど、美味しかったからいいんです。じゃあ遠慮なく頂きます」

「さて、帰るか。カワイイ子は、もう寝る時間だろ？」

「カワイイとか……もぅ！　褒められるのに、慣れていないんですから！」

「褒めてないよ、子供扱いしているんだよ」

大澤さんはそう言うとベンチからさっと立ち上がる。数歩進んだのち、私を振り返って困ったような微笑を浮かべていた。私は吸い寄せられるように大澤さんの元に向かいながら、必死に会話を続けていた。くだらないことでも話していないと、体が震えてどうにかなりそうだった。

(だめだ！　大澤さんからすっごい色気を感じるんですけど……私、大丈夫？)

「子供と違います、私二十二歳なんですからねっ」

「大人は、ここにコーヒー垂らしてないと思うけど」

そう言うと、おもむろに私のアゴを親指でスッと撫でる。そして……その親指をチロリと舐めた。

私の時間が、その一瞬で停止した。

「口が開いているぞ」

そう言って、私を置き去りにしてエレベーターホールに入っていく。焦って追いかけてホールに入ると、エレベーターはすでに着いていて、大澤さんは開くボタンを押したままで私を待っていた。辿り着くなり腕を掴まれて、いきなり唇を塞がれる。

「……んっ」

強引そうな外見に似合わない、軽く触れるような優しいキスだった。離れる瞬間、唇を舐められて私は目を見開いた。少しだけ切れ長の涼しい目が笑っていた。彼の瞳に囚われて、言葉が出てこない。

「俺の部屋に来る？」

そう尋ねられて、自然と頷いてしまう。彼に手を取られ、フワフワなカーペットの廊下を進んだ。それほど酔ってもいないのに、ハイヒールを履いた足元がおぼつかない。エグゼクティヴフロア？　混乱した頭で、自分がいる階はどこだろうと考えていた。

彼の部屋はフロアの一番奥にあった。広い室内は間接照明だけが灯されて薄暗い。

腕を捕まれたまま、深いキスが落とされる。酸素を求めて口を開くと、スルリと舌が入ってきた。粘膜を優しく撫でられて、背中に甘い痺れが走る。互いの舌を絡ませて、キスはますます深まっていく。夢中で応える私の舌を彼が甘噛みした。

こんな大人の展開、想像すらしていなかった……。

私の一瞬の戸惑いを読み取ったのか、彼が動きを止めて身体を離す。私を見下ろす表情は、薄暗い部屋でもわかるほどに興奮した男の顔。

（きっと私も同じ表情をしているはず……）

自由な手で、濡れた自分の唇に手をやり彼を見上げると、また唇が下りてきた。

「んっ……んんんっ……」

今度は『甘噛み』どころではなくて、噛みつかれるようなキスに一瞬パニックにおちいりそうになった。舌を強く吸われて、息が乱れる。髪の毛を弄られている間もキスは続く。舌で口腔を探られて、唾液が混ざり合う。嫌だとは思わなかった、全然。息さえも奪われそうな、でも極上に甘いキスが深まっていくうちに、ゾクゾクッと肌が粟《あわ》立って膝がガクガクと揺れる。

「おっと」

分厚いカーペットの床に崩れ落ちそうになって両脇を掴まれた。そのまま膝の裏に手を添えられて横抱きにされる。

「きゃ」

ふわりとベッドに下ろされて、私は上体を起こした。大澤さんはシャツのボタンを外しながら、ベッドに片膝をついている。滑らかな肌と綺麗な筋肉が見え隠れして、目が離せない……。やがてシャツをベッドの下に投げて、大きな腕時計をカチッと外してまた投げた。広い肩から続く、逞しい腕に浮く血管の線。胸の筋肉と、その下の腹筋……。彼が動物のように四つん這いになって、私に近づいてくる。私はそのしなやかな動きに魅入られていた。

「なあ、逃げるなら今だぞ」

射貫くように見つめて、私に猶予を与えようとする。逃げるわけがない。私は彼に触れられるのを、息を詰めて待っているのだから。

カットソーの裾をつまむと、彼はいとも簡単にそれを私の体から剝ぎ取った。シンプルなサテンのブラごしに両方の胸を大きな掌で包む。やわやわと優しく撫でさすられて声が漏れた。

「んっ……」

ブラの中で固くなった先端がムズムズする。サテンの生地ごしに摘まれて、ビクッと体が反応した。

「んっ……あぁっ……」

私の反応を見つめて、彼は大いに楽しんでいる。

「敏感なんだな。もうぐっしょり濡れているんだろう?」

「そんなこと……ないです……っ」

「濡れているよ。理子のあそこから甘い匂いがして、俺の気が狂いそうなんだよ」

「……そんなっ」

ブラが外されて、また下に落とされる。カプリパンツも剝ぎとられて、私はショーツだけの姿になっていた。彼は舌なめずりしながら私を上から見下ろしている。その手が真珠のロングネックレスに伸びて、シャラン……と鳴らした。

「理子、自分の姿がどれだけ男を刺激するか、分かっているのか?」

「えっ……?」

「ほとんど裸で、華奢《きゃしゃ》なサンダルと真珠だけを身に着けて……」

靴を履いたままだった事に気が付いて、私は体を起こそうとした。彼の手が、やんわりとそれを止める。

「俺が脱がせてやるよ」

彼が足首に巻き付いたレザーを外し、ゆっくりと靴を脱がせてくれる。汗ばんだ素足を撫でられて、私は恥ずかしくてたまらない。

「や、足汚いし……」

「汚くないよ。舐めてやりたいくらいだけど、今は……」

そう言うと、ショーツに手を掛けて足から抜き去る。その早業に驚く間もなく、私は両膝を押されて、いきなり秘部が晒された。

「わ、きゃっ！」

驚きの声を上げたのに、彼は止まらない。身を屈めて、敏感な場所に顔を近づける。

「大澤さんっ、や、洗ってないのに！　あ、いやぁーー」

指が割れ目をなぞって、柔らかい場所を刺激する。そのまま舌で舐め上げられて腰が跳ねた。こんな場所をいきなり舐められて、私は気が動転した。

「やっぱり、甘い……。なあ、食っていいか？」

「食うって……ひ、比喩？」

慄《おのの》いた私の問いに低く笑うと、ズボンを脱ぎ始める。すべてを脱ぎ去った大澤さんの体を直視することができなくて、顔を手で覆った。そんな私の額に軽くキスを落とすと、本格的に秘められた場所を食べることにしたみたいだ……。


長い指が、蜜壺を何度行き来したのか、もう憶えていられない。クチュクチュと粘っこい音を立てて、とめどなく蜜は溢れてくる。彼の舌の刺激で、隠れていた固い蕾《つぼみ》はぷっくりと膨らみ、赤く熱を持っているようだ。そこに歯を立てられて、私は声を上げた。

「んっ……あぁッ」

最初、狭い中を行き来していた指は、今では数が増えている気がする。最初に指を挿れた時に、彼は「きついな」と言って、ニヤけていたのだけれど……。慣れてくると、指が蜜壺の中を刺激して、私は甘ったるい声をあげていた。お腹側の壁を擦られているうちに、甘い痺れで体が満たされる。きっと私のお尻の下には、蜜だまりができているに違いない。だって、はしたないくらいに感じているのだから……。

今、行き来する彼の指を、私の中が締め付けているのがわかる。もっと激しくしてほしい。優しくなくていいから……そんな風に思っていると、彼が指を抜き去った。

「挿れるぞ」

いつの間にか用意していた避妊具のパッケージを開け、素早く装着する。この人は『まごつく』などという動作とは無縁のようだ。

私の膝に手をつき、ゆっくりと腰を沈めてくる。蜜口がミシミシと押し広げられていくのを感じる。愛液でトロトロの中に最初はスムーズに入っていったのだけれど、すぐに鈍い痛みを感じて身じろいだ。

彼は私が遊び慣れていると思って誘ったのかもしれないけれど、見込みが違っていたって、もうバレているよね？　実はこんなことをするのは、四年ぶりだ。大学に入って初めてできた彼氏には、バイトが忙しすぎてすぐに振られてしまった。あれから誰とも付き合っていない。

私は、これからどうなるのだろうと、身を縮めて彼を見上げた。

「理子、最後は絶対良くなるから……我慢しろよ」

「……え？」

何の事ですか？　そう聞こうと思ったのだけれど、彼は私の腰を少し持ち上げると、体を密着して腰を進めてきた。

「う……ぐ！」

潰れたカエルみたいな声をあげたのは私。だって、彼が全体重をかけて、私の中に容赦なく入ってきたから。とにかくキツくて、下腹部がつらい。私の中が彼で一杯になったのがわかる。閉じていた目を見開くと、彼は私の顔を真剣な表情で見つめていた。そのまま腰を前後して抽挿を繰り返す。その間ずっと私達はお互いを見つめ合っていた。ついさっきまで気持ち良くて雲の上にいるみたいだったのに、今はちょっとだけ苦行みたいだと感じる。

「優しくしなくて良いから……って思ったから、こんなにツライの？」

「心配するな、すぐに良くなるから」

「本当に？」

「疑うなぁ。もっと……って言っても聞いてやらないぞ」

奥を突いていた彼が、剛直を抜いて浅い所で律動を始めると、またフワフワと気持ちが良くなってきた。短く何度も突かれているうちに自然と甘い喘ぎが漏れてくる。

「んっ、あぁ……っ、あぁッ……！」

「……っ、理子……なあ、お前、ここ好きなんだな？」

そう言って、腰を小刻みに揺らせて突き続ける。どうして私が気持ちいい所を簡単に見つけてしまうんだろう?

「んんっ……、んっ、……や、あ、大澤さ……や、そこぉ……!」

「理子、光晟って呼べよ」

彼の大きさに、体が慣れてきたのかもしれない。奥まで突かれても、痛みが気持ち良さに変わっていく。剛直が中を擦って進むと、私の中がそれに纏わりつくように締め付けるのがわかる。奥を強く突かれ、衝撃が腰に届く。そのうちに、自分ではどこを突かれているのかもわからないまま、光晟さんの動きについて行くしかなくなった。腰の動きが早くなっていくと、私は甘い声を我慢できなくなっていた。

「あぁんっ! んん……っ、こうせいさ……っ!」

片手で口を押えると、光晟さんが笑う。

「声出せば?」

「だって……聞こえるからっ」

「いいさ」

そう言って、腰をゆっくりとグラインドさせて中をかき混ぜるように突く。

「あぁ……ん」

こらえきれずに、また声が漏れる。自分の甘えた声が恥ずかしい。でも、止められない。感じるたびに、私の中がピクピクと痙攣して剛直を締め付ける。

「はぁ……っ、あ、もう……っ、気持ちよす……ぎ、あぁっ、あッ！」

「理子……っ」

奥を何度も突かれていると、背中を快感が走り抜けて、一気に昇りつめそうになる。

「あっ、ああぁっ！　や、やぁん、あぁぁーーっ!!」

悲鳴のような声を漏らすと、唇を塞がれて強く吸われる。光晟さんから酸素を分けてもらうみたいに、激しく唇を貪られる。同時に奥をゴリゴリッと突かれて首を仰け反らせた。光晟さんの腕に爪を食い込ませながらしがみ付き、私は、生まれて初めて『絶頂』を知ってしまった。


ザーッ、ザザーッ。水音が聞こえる。何か長い夢を見ていた気がして、ゆっくりと覚醒した。まばゆい光にさらされて、目を開くことができない。背中は心地よくベッドに沈み込んでいて、体がまだ眠っていたいと言っているみたいだ。それほど快適な心地に包まれている。……ふと腰のあたりの違和感の原因に頭を廻らす。景色が鏡の欠片に映るように、昨夜の記憶の断片が蘇った。

「はっ！」

（波の音に聞こえたあれは、シャワーの音だ。そして私は……）

「はっ、裸」

キャーーーーッ！　目が覚めた！　完全に目が覚めた！　昨夜の出来事を一瞬で思い出し

て、私はベッドから転げ落ちた。サイドテーブルに備え付けられた時計を見て、汗が噴き出す。もうすでにヘアサロンの予約時間が過ぎていた。

(今日は朋美の結婚式なのに、私は何をしているの⁉　服っ！　服、どこっ？)

ソファーに引っかかっている服の残骸を見つけ急いで身に着けた。広くて美しい部屋をサッと見渡して、最後に浴室のドアを見つめる。

(光晟さんが、シャワーから出てきませんように……)

悪いことをしたわけではないのに、何故か彼と顔を合わせられない。恥ずかしい、恥かしすぎる。それにもう時間がない。何か書き置きをしておこうかと思ったけれどすぐに諦めた。本当に時間がないのだ。鏡を見て、ボサボサの髪の毛を撫でつける。焦ってポーチを探すと……あった！　入り口のドアの下！　途中でまた浴室のドアに視線を向けた。

(黙って出ていってごめんなさい)

心の中で詫びながらドアに向かう。出ていく前に壁に備え付けられた姿見で外見を確認した。見るからに酷い様子だけれど、服は着ているし髪の毛も撫でつけた。私は勇気を振り絞って廊下へ飛び出た。

自分の部屋に必死にたどり着いて、もう一度時計を見た。予約時間からすでに三十分遅れている。シャワーブースで軽く体を洗い流して、急いでドレスに着替えた。メイク道具を持ってホテル内の美容院へ小走りで向かう。

大学の友達と二人で一緒に式にも出席することになっていたから、ヘアサロンは早めの時間に予約していた。今、十時三十分、打ち合わせが十二時……ギリギリ間に合う？

エレベーターの中でスマホを確認すると、夜に朋美からのメッセージが三件、着信が二件。一緒に式に出席する友達からも着信が二件。急いで二人にメッセージを返した。

それにしても、シャワーを浴びてもなお彼の香りが残っている気がして、メチャクチャ恥ずかしい。ねえ、私って、夕べHしましたって顔してない？　聞けるものなら、だれかに聞きたい。頭の中は、もうぐちゃぐちゃだ。

「遅くなってごめんなさい！」

「あっ、理子ぉ～！　電話が繋がらないから心配したよ！　もー、なにをしても返事がないし」

美容室に飛び込むと、先にヘアメイクをして貰っている友達が、心底ホッとした表情で手を振っている。

「ごめんなさい！　本当にごめん！」

鏡越しに手をあわせて謝る。シャンプーをしてもらい、少し落ち着いた頃、こんどは部屋に置いてきた光晟さんのことが気になってきた。黙って部屋から飛び出したから、怒っているよね？　シャワーから出たら、相手が消えているなんて……ひどいことしちゃった。このまま何も言わずに別れたら、怒らせたままで、もう二度と会えないんだろうなぁ……。

ヘアメイクをしてもらっている間、私は昨夜のことを思い出して、赤くなったり青くなったりしていた。我慢できなくて、声を上げそうになったら「声出せば？」って笑いながら言った彼。だって、隣の部屋に聞こえるって言ったら、「良いさ」って。でも、声がマックスになりそうになったら、キスで唇を塞がれて……。

いろいろ思い出して真っ赤になっていると、ヘアメイクさんが心配そうに声を掛けてくれる。

「熱いですか？　大丈夫？」

「はいっ。あ、いやっ、大丈夫です」

ヘアメイクを終えて、美容室で合流した友達と朋美の控室に向かう。その途中で、散々叱られた。

「もう、どうしちゃったの？　いつまでたっても美容室に来ないから、何度も連絡したのに無視するし。来なかったらどうしようって、吐きそうになっちゃった。理子ひどーい」

「本当にごめん。ごめんなさい！」

歩きながらなので、説明する余裕もない。どう説明したらいいかもわからないので、謝るしかなかった。それに朝食を食べていないから、ものすごくお腹が空いている。メイクしてもらっている間にも、お腹がグーグー鳴って恥ずかしかった。

「お腹すいちゃった」

私のつぶやきに、今まで怒っていた友達が思わず吹き出す。

「やだぁ理子、呑気なんだから！　朝ごはん食べてなかったの？　ここのクロワッサン最高に美味しかったよ」

「そうなの？　残念、食べ損ねちゃったのよ」

「寝坊したから？」

「……うん。寝坊したから」

友達と話しながら、フロアを横切っていると、きらびやかなロビーにスーツ集団がひしめいていた。年齢も外見もまちまちだけれど、大きな声を出す人はいない。皆、抑えた声色で穏やかに談笑している。

「そっか、今日ホテルで学会があるんだね。ねー理子、彼らドクターだよ。よく見ると、仕立ての良いスーツを着ている人が多いね」

「そ、そうなんだ」

キョロキョロする友達の腕を引っ張って進む。エレベーターホールに差し掛かると、進行方向から、背の高いスーツ姿の二人連れがこちらに向かってきた。

ドキン……！　心臓が大きく跳ねた。遠目にもはっきりとわかる。彼だ！　立ち止まったままで固まる私に、友達が怪訝そうに尋ねる。

「理子、どうしたの？」

「あ、あの……」

光晟さんの目が私を捉えたのがわかった。こちらに向かうスピードが速くなって、左側の口角が微かに上がっている。『逃げるなよ』って、全身で警告しているみたいだ。

カツン……。

靴音が響き、私は腕を取られた。

「理子」

重低音が響き、声だけで腰が砕けそうになる。隣で友達が驚愕しているのが気配でわかる。顔を向けると口に手を当てて目を剝いていた。

「濱本悪い、先に行ってくれ」

彼は連れの男性にそう言うと、私の腕を引いて進む。足がもつれそうになりながら、私は友達に声を掛けた。

「ごめん、先に行ってくれる？　すぐに追いつくから」

私と光晟さんを交互に見ていた友達は、やがて頷くとエレベーターに向かった。逃げるように走るその後ろ姿を見て、捨てられた犬みたいな気分になってくる。

私は私で、彼の怒りというか、エネルギーが伝わってきて、本気でビビってしまった。

「綺麗だな」

クルンクルンに巻かれた髪の毛を弄びながら、ニコリともしないでそう言った。

「このために、俺を置き去りにしたんだ？」

低い声がさらに恐怖を誘う。

（完全に怒っている……よね？）

それから、腕を引っ張られて隅のソファーに連行される。光晟さんはソファーに深く沈み込んで、猫のように体を伸ばし大きな欠伸をした。

「ふぁー、眠い」

そうして、こちらに向き直って、「体は大丈夫か？」と聞く。

「ご……」

「謝らなくて良いよ。時間もないし、恥ずかしかったんだろ？」

どうしてわかってくれちゃうんだろう？　本当にこの人って……。私は光晟さんの顔が直視できなくて俯いたまま言い訳をした。

「信じてもらえないかもしれないけど、私、こんなことをしたの初めて……なの。あ、置き去りのことじゃなくって。……それに、サロンの予約に遅刻しちゃって、黙って出て行ってごめんなさい」

「わかっているよ。俺だって普段はしないぞ、こういうこと」

自分の言いたいこと、ちゃんと伝わっている？　と、心配になって光晟さんに顔を向けると、苦笑交じりの顔で、見つめ返してくる。

「綺麗にメイクしてもらったんだな」

そう言って、人差し指の背で私の頬を撫でる。無骨な指なのに心地よくて、その手が昨夜私に何をしたかを思い出して、顔が一気に赤く染まる。髪の毛を撫でられて、自然と肩に寄り添う形になってしまった。まるで、体の中に磁石が埋め込まれていて、私達はピッタリとくっついてしまいそうだ。

（離れたくないなぁ）

その時、私のスマホが振動した。

「あ、いけない！」

私は立ち上がって、ポケットのスマホを手にする。

「式に出席するの。私、行かなくちゃ。あの……」

「行ってこいよ」

光晟さんは立ち上がって私の髪を撫で下ろすと、肩をそっと押した。私は後ろ髪を引かれる思いで、ロビーを後にした。


「理子、イケメンに連行されたって、昨日の人？」

「綾、もう喋っちゃったの？　連行って、そんなんじゃないけど……うん、昨日の人。同じホテルで学会なんだって」

「でもさあ、理子を絶対に離さないって勢いで、なんだかすごかったわよ」

綾がおもしろおかしく脚色するから、朋美が大喜びだ。

「もーっ理子ったら、夕べ何をやらかしちゃったの？　この際、全部白状しなさいよ！」

浮いた話のなかった私に、突然降って湧いた恋バナに、綾と朋美は式そっちのけで興奮している。

「うっ……まだ言いたくない。まだ未消化」

「ふーん、そうなの？　もしかして、ややこしいことになった感じ？」

「たしかに、ややこしそうな雰囲気だったわ」

「そんなことないけど……」

とはいうものの、最初見た光晟さんの顔は怒っているようで少し怖かった。それも当然だ……シャワーを浴びて出てきたら、ベッドがもぬけの殻だったのだから。

彼との関係に明るい進展があるとはどうしても思えなかった。だって、遠距離になるし、こんな形で始まった恋愛がうまく行くはずがないと思っていたのだ。

それに、恋愛じゃなくて、私はセフレ……だという可能性も否定できない。

式の最中なのに、私は光晟さんのことを考えてしまって集中できない。それでも次第に式に感情移入してきた。神父さんのお馴染みのセリフに、じんわりと涙が滲んでくる。

ブーケトスは、他の友人に譲って参加しなかったのだけれど、式が終わると朋美が私達のためにおそろいのブーケをプレゼントしてくれた。

「今日はありがとね……。それから、理子」

「うん？」

「ちゃんと教えてよ、彼のこと。経過報告とかいろいろ」

『たぶん、もうないよ』……そう思ったけれど、朋美の嬉しそうな顔を見ていたら言えなかった。無理もない。大学の四年間、勉強とバイトに忙しすぎて男っけがほとんどなかった私を、ずっと気にかけてくれていたのだから。

「うん、報告するね」

離れるとすごく冷静に彼のことを考えられる。半径数メートル以内に近づくと、何も考えられなくなるのだけれど、冷静になれば関係が進むことはないってわかっている。だって、勤務地は東京と四国だし、借金の返済に追われるワーキングプアと医者だ。ムリムリ、私の実態を知られたら相手にしてくれない。

（昨日のことは、大学生活最後の夢って感じかな……）


式と披露宴が終わる頃には、すっかり夜になっていた。ロビーから高級スーツ軍団は姿を消し、私はあっけなくホテルをチェックアウトした。そして、帰りの車内で大変なことを思い出した。今まで忘れていたこと自体がありえない。母から借りた真珠のネックレスを、光晟さんの部屋に残してきてしまったのだ。

（彼は、バイクで帰るのかしら？　高速で会えるかな？　そしたらネックレスのことを聞けるのに。イヤ、そんなドラマみたいなこと……ないな）

実家に帰った翌日。ホテルに電話をしようとしたが、失くしたのが自分の部屋ではないから、怪しまれそうで結局電話はできなかった。観念して母親に正座で頭を下げた。母はため息をついて一言、

「理子が結婚したら譲るつもりで買ったから、あげたと思って諦めるわ。冠婚葬祭用の真珠は自分で買いなさいよ」

「ごめんなさい」

　こういう叱られ方がいちばん辛い。それなのに私は、彼からの連絡がないかしら？　なとど馬鹿みたいに待っていた。我ながら頭がお花畑だ。真珠のネックレスのことがあるにしても、自分から電話をすることはできなかった。連絡がないってことは、彼にとって私はとるに足らない人間だったってことを意味していたからだ。


　それからひと月後、私は携帯の番号もアドレスもすべて変えてしまった。友達には強がっていたけれど、彼からの連絡がないのが本当に辛かったからだ。彼とは、出会わなかったことにしたら良い。その方が、気持ちが楽だった。


　八月……季節は、もう夏。

　私は何故かまだ地元にいる。

　三ヵ月の本社研修を終了して、配属されたのは……なんと、高松市にある四国支所だった。配置されてひと月が経ったが、毎日教育係の田中先輩にしごかれている。おかしいなぁ……予定では、東京の、本社勤務のはずだったのに。それも、営業じゃなくて、本社オフィス勤務の予定だったのだけど。

赴任先を知らされた時には、口から魂が抜け落ちてしまうほどがっかりした。適性を見極めて営業に回されたと聞かされて、とりあえず納得？　したのだけれど……製薬会社の支社は日本中どこにでもあるのに、よりによって地元の営業に回されるとは思ってもいなかった。嘆いても誰も本社に引っ張ってくれはしない。

実家では、父の口撃がますます酷くなって、そのまま同居を続けることは無理になってきた。支社には寮がない代わりに、社宅という名のマンションがある。ありがたくそこに引っ越しをしたのだけれど、なぜ家を出るのか！　と父が激怒して大変だった。私はほとんど夜逃げ同然で家を出たのだった。

会社は福利厚生が手厚いので、やっぱり大企業はありがたいなぁと思う。それでも、来年には大都市への転勤願いを出すつもりだ。

とは言っても、本社オフィス勤務の可能性は低いだろうから、十二月のＭＲ認定試験には絶対に合格する必要がある。最初の認定試験に合格して認定証を手に入れなければ、社内で肩身の狭い思いをすることになるのだ。

「立花さん、来週は挨拶回りだけど、準備できている？」

「あ、はい。多分……」

ちょっと自信なさそうな返事をすると、上司が教育係の田中先輩にチラリと視線を送る。

「田中、ちゃんと指導できているのか？」

「係長、プレゼンの資料は完璧です」

「へ？」

「立花が作成しました。な？」

「あ、はい。先生方は忙しいからって、いろいろ考えまして」

「見せてみろ」

資料を確認してもらうと、パンフレットだけのバージョンを勧められた。

「パンフだけで良いんですか？」

私はイラスト入りの手描きの資料もつくっていたので、ちょっとがっかりした。

「田中、ちゃんと教えてやれよ」

係長の言葉に、先輩は笑って、「コイツなら大丈夫ですよ」と言う。そう言いながらも、私に耳打ちをしてくる。

『立花、大丈夫……だよな？』

私が田中先輩に脅されている間にも、心配症の係長は話を続ける。

「それと、小さめの手土産も持って行けよ」

「あ、ハイ。昨日デパートで、選んでおきました」

「マジで奇人変人が多いからな」

「ドクターですか？」

「そうだよ」

「そんなに……ですか？」

「そのうちわかるよ、嫌というほど」

（やだ係長、怖いですよ。ドクターってそんなに怖いのかなぁ？　光晟さんとかは、迫力はあったけど普通に優しかったし……）

係長の言葉に、ちょっとだけ不安になる。それでも、医師イコール立派な人という思い込みがあったので、あまり心配をしていなかったのだけれど。

しかし、私のその幻想は脆くも崩れることになった。

4　再会しちゃった

翌日。

高速を先輩の運転で三時間ひた走り、インターで下りて大学病院へ向かう。タブレットPCと、パンフレットを入れたビジネスバッグを手に、MR専用の待合室に向かった。待合室に入り、タブレットを取り出して、営業内容の確認をする。

確認が終わると、手持ちぶさたになったので、先輩と雑談をしていた。

「出待ちって、なんだかアイドルの追っかけみたいですね」

「アホ、そんな楽しいもんじゃねーよ」

先輩に頭をゴリゴリされた。田中先輩は、私より三歳年上だ。人柄は良いのに口が悪いのが玉に傷だ。それに、ゲンコツなんて子供みたいだからやめてほしい。最近では名字を呼びすてにされているし、時々オマエ呼びもされるので、不満を感じている。これでも初対面の時には、すごく優しい先輩だったのに。

「立花さん、頼りにしているよ」などと、最初は優しく言ってくれていたのだけれど、いまでは……、

「お前全然ダメ。使えねー」

などと言われてトホホな気分になる。優しい口調はいずこ……。

まぁ、それも仕方ないことかなと思う。自分では十分常識的な人間だと思っていても、実際社会に出ると世間知らずな面を痛感させられる。ドクターの出待ちを追っかけみたいだと面白がっているところも、まだまだ学生気分が抜けきれていないと思われているに違いない。

(もっと、しっかりしなくっちゃ！)

私は気を引き締めるために、必死で真面目顔を作った。その顔さえもが呑気そうに見えるらしく、先輩はまだ心配そうだ。

「お前さー、そんなにノホホンとして大丈夫？」

「大丈夫ですよ。こう見えて私、本当はしっかりしているんですから」

「ふーん。そう言う奴に限って抜けているんだよな。立花、お土産は？」

「あ……！　先輩、車に忘れました。取ってきます」

「はぁーーっ」

先輩が頭をガシガシと掻き、無言で車のキーを私の手の上に落とした。慌てて駐車場に向かいながら、自分にガッカリする。おまけに、焦って待合に戻る途中、廊下で滑って転んでしまった。お土産は落とすし、見事に尻餅をついて転ぶしで、恥ずかしさでしばらく立ち上がることができなかった。

こんな転び方するのって、小学生以来じゃない？　靴を滑らないモノに変えなくちゃ。

などと思いながら、素知らぬ顔を作って立ち上がった。その時……後ろから「ブッ」と吹く声が聞こえ、白衣の男性が足早に通り過ぎた。

（ムッ！　笑うだけで、助けてもくれないなんて……）

白衣の後ろ姿が目に入ったので、たぶんドクターだ。立ち去る背中を見送りながら、その体型が光晟さんに似ている気がして、ちょっぴり動揺してしまう。

（ここにあの人がいる筈がないじゃない……）

しかし、こんな所で時間を浪費しているわけにはいかないので、急いで先輩の元に戻った。スカートの汚れた部分を手で叩いていると、先輩が怪訝そうに聞く。

「立花どうした？　服が汚れているぞ」

「すみません、こけちゃって」

「ハァ？　こけた？」

「ハイ。廊下で尻餅ついちゃいました」

「ブブッ」

「先輩まで笑うなんて……」

「えっ、他にも笑われたのか？　まあ、普通笑うわな。お前さあ、天然でドジなんて最悪だぞ」

「ひっどーい！　笑ったのはたぶんドクターだと思います。白衣の下のチノパンとビルケンサンダルだけしか見えなかったけど」

「お前、初日から変なことやらかすなよ。外来に呼ばれたら俺の後ろで静かにしておくんだぞ。喋るなよ、大人しくしていろ」

喋るなとまで言われてしまった。

初日から先輩の信頼はゼロだ。まだ仕事もしていないのに、悲しい。面会のアポを取っているドクターは二名で、一人は外科部長、もう一人は『DM』ってドクターだ。

ん？　DM？　なにそれ？

「先輩、DMってドクター、何かの隠語ですか？　それとも……あっ、外人？」

「立花さぁ……お前、ホントに国立大でたのかよ？」

「はい。卒業証書見せましょうか？」

「いいよ、見せなくても。DMは隠語の方だよ」

「なんだ、そうなんですね。ダイレクトメール？　違うなぁ。先輩、何の隠語なんですか？」

先輩はよろよろと立ち上がって、待合から出て行った。

「なんだか一気に疲れたわ。水買ってくる」

「あっ、先輩っ、名前教えて！」

「当ててみろ。今日の消化器外科外来のドクターだ」

「あっ、行かないでぇー！」

初日に先輩に呆れられて放置されてしまった。気を取り直して、受付で診察予定表を貰うことにする。受付に向かってトボトボ歩いていると外科の看護師に手招きをされた。

「小塚製薬さん、先生空きました。三番にどうぞ」

「あっ、ハイっ！」

あわてて先輩に電話をする。

「立花、とりあえず間を持たせろ、すぐに行くから」

「はいっ。先輩が来るまで私が説明しておきますね」

「……えっ、本気か？　ま、まあいい。すぐに行くから」

（だって、先輩が間に合わないなら、私が説明するしかないでしょう？）

急いで外来の三番診察室に向かった。表示されているドクターの名前を確認する。

「ふむ、大澤先生ね……。えっ？　オオサワ……」

いや、同じ名字の医者はどこにでもいるでしょう。まさか、こんな所で再会は、ナイナイ……と、思いながらも、私は激しく動揺していた。

診察室に入ると、看護師がカーテンを開けてくれ、そこにいたのは……彼だった。

彼のことを、考えない日はなかった。思い出すたび、熱くなったり寒くなったり……。

携帯の番号は、スマホに残しているけれど、自分からは連絡なんてできなかった。ムリでしょ、誰だっけ？　とか言われたら立ち直れない。

私に会いたければ、携帯の番号を変えていたとしても、就職先を話していたから探すことができるだろうし……連絡してこないのは、私が彼にとってその程度の女だと言うこと。私はそんな風に考えて、自分を戒めていたのだ。

それなのに……こんな所で再会するなんて。

(ねぇ、神様って、私のことを弄んでいるの？)


「小塚製薬の立花と申します。いつもお世話になっております」

そう言って名刺を差し出したけれど、受け取ってはもらえない。足はガクブル、声は震え、おまけにきっと顔は真っ赤だ。そんな状態で、私は彼と再会を果たした。当の大澤先生はパソコンを操作していて、名刺を受けとるどころか顔を向けようともしない。今日はもしかして機嫌が悪い日なのだろうか？

「パンフレット？　そこに置いといて。それと、この前の文献は？　別のMRに頼んでいたんだけど」

感じの悪いドクターの見本みたいだ。こんな人だったっけ？　あの時は、ワイルドだけど優しくて、メチャヤクチャ素敵な人だったような……。

彼のあまりの変貌ぶりに、私の頭は軽くショートした。別人ですか？　と問いたくなるほど愛想がない。ないどころか、態度が最悪。

私が無言で固まっているのを緊張と勘違いしたのか、看護師が声を掛けてくれる。

「今日は、田中さんは？」

「あ、はい、もうすぐ参ります。文献は田中がご説明したいと申しまして、今持参いたします」

「もういいよ、後でこの看護師に渡しといて」

これで私の面会は終了したということらしい。看護師が目で私に合図をした。

（あ、帰れってことね）

パンフレットと菓子を、慌てて看護師に手渡した。

「よろしくお願いいたします。失礼いたしました」

頭を下げて、三番外来を出た。入れ違いに田中先輩が診察室に入っていく。

（先輩も瞬殺かなぁ……）

ぼんやりとそんなことを考える。

それにしても、二十二年間生きてきて、茫然自失って事態を初めて体験した。光晟さんが別人みたいに嫌な奴に成り下がったことも悲しかったけれど、それよりも、私に全く気が付かなかったことがもう、つらくて仕方がない。私の顔も見ないのだから、わからないのは当然かもしれないけれど。

いつの間にか、私は中待合の椅子に座っていた。俯いた先に見える掌が濡れていて、ようやくそれが自分の涙のせいだと気づく。ハンカチを探していると、田中先輩が帰ってきた。

「お前大丈夫だっ……うわあっ！　な、泣いてんの？　おい、立花っ、大澤先生にいじめられたのか？　一人にして悪かった。あの人は陰でデーモンドクターって呼ばれてるんだ。ＤＭは悪魔《デーモン》の略なんだよ。ちゃんと教えなくてごめんな」

「いじめられてないです……大丈夫ですから」

「あのさぁ、言いにくいんだけど、大澤先生が三番に来いって。お前、あんな短時間に何やらかしちゃったの？」

「うそ……。先輩、行かなきゃダメですか？」

「お前の担当になる人だぞ、行かないとだめだろ。なに言ってんの」

「う……」

「行って来い！」

「は、はい……」

私は重い足を引きずって三番外来に入った。看護師はもういない。カーテンを開くと、彼、大澤光晟さんが一人、腕組みをして入り口を睨みつけていた。さっきは、完全無視していたくせに。と、意味もなくムカつく。

「お久しぶりです」

急に詰まってしまった喉からかすれた声を絞り出して挨拶をした。

「何でこっちで営業しているわけ？」

（いきなりソレ？　そういう人でしたっけ？　もうちょっと優しかった気がするんですけ

ど）

あまりにも率直すぎる口ぶりに、二の句が継げない。

「……」

「返事は？」

低い声で促されてビクッとする。

「適性試験で営業に配属されました」

「ふーん……。座れば」

座りたくないけれど、言われるまま患者用の丸椅子に座った。

「お前さぁ……医者に名刺を受けとって貰えなかったら、看護師にでも渡しなよ。それとこれ、イラストとか逆効果」

そう言って、私の渾身の資料を机の上にポイと投げた。係長の忠告は、正しかったようだ。ショックで頭の半分が動いていないけれど、機械的に対応はできそうだ。

「申し訳ありませんでした」

サッと立ち上がって頭を下げた。

「腰……」

「え？」

「派手に転んだだろう？　腰は大丈夫か？」

ロビーで私を笑ったのは、この人だったらしい。足元を見ると、チノパンにビルケンサンダル。確かに、助けもせずに通り過ぎたドクターと同じものだ。

（くやしい。光晟さんの……イケズ）


「お前、トロすぎ」

「不用心」

「天然ボケ」

私が唇を嚙んでいる間、光晟さんは欠点を三連発してニヤニヤしている。完全に意地悪な子供みたいだ。その態度にカチンと来て、私も反撃した。


「なによ、デーモン閣下のくせに！」

閣下ではないけれど、咄嗟に口から出てしまった。

「顔を真っ赤にして、何を言うのかと思ったら……俺のあだ名のことか？」

知ってるじゃん！　って地団太を踏みたかったけれど、そこは我慢をした。

「ほっといてクダサイ」

「ほっとけないよ」

光晟さんは、椅子を滑らせて私のすぐ側にやってきた。足で体を囲い込まれて身動きができない。腕が伸びて、頭をクシャっと撫でられる。

「真珠とメモをフロントに預けたのに、受け取らなかったのは何故だ？」

ビックリした。そんなもの、チェックアウトした時に何も言われなかったからだ。フロントの手違いなのだろうか？　では、なくしたと思っていた真珠は、どこなのだろう？

「し、知らない……フロントでは何も言われなかったから……」

「電話番号を変えたのは何故だ？」

「あっ……」

携帯の電話番号を変えたのを知っていたということは、私に連絡を取ろうとしたのだろうか？　私はなんと答えればいいのか判断がつかずに言葉に詰まってしまった。

「理子、答えろよ」

「ご、ごめんなさい。だって、ひと月待っても何も連絡がなかったから……私……っ」

顔があげられない。私は零れそうになる涙を必死に押しとどめた。

「忙しすぎて連絡できずにいたこっちも悪い。でも俺だってお前の連絡を待っていたんだぞ。理子、新しい番号とメールアドレスを教えろ」

「はっ、はい……」

最初の時と同じように、私は携帯の新しい番号とメールアドレスを口頭で伝えた。メモを取るわけでもなく頷いた後、光晟さんは時計で時間を確認した。そして、私の顔を覗き込んで言う。

「時間がない、もう行けよ。俺は午後からオペ」

「あ、あの、真珠は？」

「俺の所に送られてきた。今週土曜は休みか？」

怪訝そうに頷くと、光晟さんは微かに笑みを浮かべて言った。

「地図をメールで送るから、俺の家に来い。あ、拒否権なしな」

「えっ、ええっ⁉」

強引に週末の計画を立てられて、私は外来を出た。トボトボと先輩の元に戻ると、心配そうな顔で出迎えられる。

「立花、大丈夫か？」

「大丈夫です。御迷惑をおかけしました」

先輩は私の頭部を見て首を傾げている。なんだろう？　と思って頭に手をやると、髪の毛がもしゃもしゃに乱れていた。

（きゃーっ、なんてことしてくれるの。光晟さんったら！）

「なあ、立花」

「は、はい」

「頭、しばかれたのか？」

「違いますっ。わ、私が頭を、そう、髪を掻きむしったんです！」

5　接待の夜

大学病院で疲弊した後は、トンカツを食べて英気をやしなってから大きい病院を二件回って直帰した。

営業車でマンションまで送ってもらう途中で、田中先輩から尋ねられる。

「立花お前、大澤先生と知り合い？」

いきなり聞かれて、ギクッとした。空気読めない風に見えるのに、先輩は何気に鋭い。

「知り合いじゃありませんよ。ど、どうしてですか？」

「うーん。立花呼べって言った時に、先生が機嫌良さげだったからかな」

「え、あれで機嫌良いんですか？　普段、どれだけ感じ悪いの、あの先生」

先輩は、アハハと笑う。

「まぁ、仕事に妥協はないし、他の先生と違ってゴマすりや手土産にも興味なし。俺なんか、半年以上も名前を憶えてもらえなかったんだよ。だからお前の苗字を言われてぶっ飛んだもん。あの人に初日から名前覚えてもらえるなんて、どんなテク使ったんだ？」

「て、テクなしです」

「そうなの？　おまけにうっすら笑っていたぞ」

「笑っていました？」

「おう。片方の口角がかすかに上がっていた。あれはデーモン様の笑顔のはずだ」

「こ、怖すぎる」

片方って、きっと左の口角だ。

「ああ。怖いだろ？」

光晟さん、あなたの本当の顔はどっちなの？　MRも逃げる怖い先生？　それとも、素敵なバイク乗りさん？


今夜、もしかして光晟さんから連絡あるかな？　なんて、期待と恐怖を感じていたのだけれど、何もなかった。

それにしても……すでに私は、彼にとって過去の女になっていると思っていたのに、土曜に俺のウチに来いだなんて驚きだ。どういうつもりなのだろう？　もしかして、せ、セフレ扱いするつもりなんだろうか？　そうだったら、毅然として断らなくっちゃ！　などといろいろな思いが頭をめぐる。

とは言え、彼はウチの会社の大事な顧客だ。ひと月に何度かは営業で会わなくてはならない相手なので、無下にはできない。

（はあー、どうしよう。個人的な感情は捨てて対応しなくちゃいけないのに、つらいな……。）

週末の約束が、良い結果に終わるなどと、そんな期待はしていない。真珠のネックレスをポイと渡されてドアを閉められる可能性だってある。

彼のことを思い出すと、胸の奥がズキズキと痛むっていうのに……彼にはそんな気配すら感じられなかった。週末に再会して、平静でいられる自信が私にはない。その夜は、寝付けずにため息ばかりを繰り返していた。


翌日は高松市内の病院を回る日だ。私の担当は、公共の総合病院がほとんどで、暫くは田中先輩が同行してくれる。市内で一番大きい向井総合病院は、個人病院だが私の担当エリアにある。数年前に開設された漢方外来が人気で、一度罹ってみたいと思っていたのだけれど、受診のチャンスがなかった。

私は極度の冷え性で低血圧。光晟さんと出会ったのも、低血圧が原因の脳虚血で倒れたのがきっかけだ。冷え性も将来的にいろいろ良くないと聞くので、漢方で体質改善ができないものかと思っていたのだ。営業の途中で漢方外来の予定表を貰ってきた。

向井病院では、外科系の先生方を訪ねて挨拶と今期発売予定の新薬のパンフレットをお渡しして手短に話をする。興味を持っていただけた場合、より詳しい説明会の開催をお知らせする。……こんな風に、しばらくは、あいさつ回りに終始して、帰宅したら直ぐに寝てしまうことの繰り返しで、あっという間に金曜日になった。

一般的にはあまり知られていないMRという仕事は、病院関係者からみても、各外来の前や医局の前に群がるちょっと怖い黒の集団というイメージがあるらしい。白が基調のクリーンな病院に、MRの暗いスーツ姿は異様に見える。「怖い」という患者さんからの苦情もあり、MR自身を患者さんの目になるべく触れさせないように、立ち入り場所を制限されるケースが多くなってきた。私から見れば、病院にとって必要不可欠な職種のわりには、不遇だと感じることがある。

それに昨今では、厳しい接待禁止令が出されていて、院外で医師と親密な関係をもつことが難しくなっている。昔のドラマにあるような賄賂や高級料亭の接待など、今ではとんでもないことだ。

それでも、接待という名目ではないものの、『これって接待じゃね？』という会は今も存在する。それが今日の、勉強会という名目の食事会だ。愛媛の個人総合病院の外科医師とスタッフ総勢八名様との勉強会に、私は田中先輩と共に参加している。参加される四名のドクターや女性の参加者達の会費は割安だ。費用の一部はうちの会社持ち。勉強会なので、採用薬のパンフレットを参加者にお渡しするのは必須。基本的に二次会は各参加者負担となる。

場所は最高級和牛を使ったステーキハウスなのだけれど、私は接待役なので食事を楽しむことはできそうもない。なんでもこの会は、日頃頑張っている看護師さんや医療秘書達を労うための食事会なのだそうだ。

参加するメンバーには若い人が多いので、雰囲気がほぼ合コンっぽい。一瞬だけ、『華やかでいいなあ』などと羨ましく思ったが、そこは仕事。最後まで気は抜けない。

予定の時間が近づいて、メンバーがだいたい揃ってきた。あとは男性医師の席が一つ空いているだけだったので、私は先輩に尋ねた。

「先輩、あとお一人はどうされたんでしょうね？」

「あ、うん。緊急オペで遅れるそうなんだ……あ、ほら大学病院の先生だよ」

田中先輩が小さな声で言う。

「えっ、大学病院の先生ですか？」

「ここの病院の非常勤なんだよ。週一で、診察とオペに来ているんだって」

「どなたですか」

「大澤先生だよ」

「ヒィッ！」

私が引きつった悲鳴を上げると、先輩が面白がって笑う。

「ハハッ！　立花、よっぽど大澤先生が怖いんだな」

「や、止めてください。他の方に聞こえますって」

光晟さんが個人病院に非常勤で勤めているなんて知らなかったし、勉強会に来る理由もわからない。

第一、家に来いって言ったくせに、何も連絡をしてこないから、てっきり週末の話は消えたのだと諦めていた。それがいきなり今日の勉強会に参加だなんて……。

（もう、何を考えているんだか……）

「立花、入り口で大澤先生をお迎えしろよ」

「私がですか？」

「お前以外に誰がいるんだよ。ほら後輩、行ってこい」

「は、はいっ」

遅れている光晟さんを待って、私は入り口レジの前で立っていた。それにしても、飲み会なんて面倒くさいとか言って絶対来そうもない人なのに、何故参加しようと思ったのだろうか？　そこが気になる。もしかして、私が来ると聞いて、参加を決めたとか？　いやないない……などと、一人でブツブツと呟いていた。完全に怪しい人みたいだけれど、気にする余裕もなかった。

店の窓から車のヘッドライトが見えたので、走って外に出る。思っていた通り、光晟さんがタクシーから出てきた。

「お疲れ様です。小塚製薬の立花です……。あの、ご案内いたします」

上背のある光晟さんを見上げて挨拶をする。すると、いきなり腕をとられた。

「こっちにおいで」

　そう言って、店の入り口の脇に引っ張られる。

「ど、どうしたんですか？」

「理子、全く知り合いじゃない態度をとってほしいならそうするけど、どうする？　お前の仕事上問題がないんなら、俺は普通に接するけど」

　いきなり言われて、言葉の意味が脳に届くのに少し時間がかかった。

「……えっと」

「理子、返事は？」

「は、はいっ。知り合いじゃない方でお願いします」

「わかった」

　そう言うと、光晟さんはスタスタと店内に入っていった。私は慌ててその後を追う。

　酒席はすでに乾杯が終わっていた。田中先輩は皆にビールを注いでまわっている。光晟さんが入っていくと、ドクター達が「おっ、主賓が来たっ！」と大きな声を張り上げる。

「遅くなりました。申し訳ない」

　クールに挨拶をすると、空いている席につく。私はその隣に待機して、オーダーをする役割だ。

「生中」

　私に愛想のない顔を向けて飲み物の注文をする。

「はいっ」

ボタンを押して店の人を呼ぶ。ふと見ると、自分の席に飲み物がなかったのでウーロン茶も一緒に頼んだ。他にも注文を取ったり、特別メニューをお願いしている間に私のスープは冷たくなっていた。アミューズも、少しつまんだだけで食べる気を失ってしまう。

「立花、少しでも食べとけよ」

先輩が声を掛けてくれる。

メインのステーキの配膳を手伝って席についたのだけど、全然食欲がわかない。それでも頑張って口に入れると、柔らかい肉の旨味がジュワっと広がった。

（あ、美味しい）

それだけでなんだか嬉しくなって、フッと顔がゆるんだ。自分がめちゃくちゃ緊張していたことに気がついた。

「立花さんって、可愛いよね」

一番若い外科の先生が、遠い席から声を掛けてきた。

「へ？」

思わず素で聞き返してしまう。

「二十二歳だって？　彼氏とかいるの？」

周りのドクター達が、「ＭＲさんを口説いてどうするの？」とはやし立てる。

どうリアクションしたら良いかわからなくて、私は固まってしまった。そこに、光晟さんの低い声が響く。

「生中」

「あ、はい」

ビールの早いピッチに驚くが、その声を合図に立ち上がれたので難を逃れた。自分が注目されるとは思ってもいなかったので、上手にかわすことができなかったのだ。

注文をして席に戻ると、話題はすっかり変わっていた。私の代わりに光晟さんが話題の中心になっている。

「それにしても、大澤先生が参加されるなんて、めずらしいですね〜」

女性の中で、一番若くて綺麗な人が親しげに声をかける。

「お誘いしてもいつも断られるから、残念ね〜って皆で言っていたんですよ。今日は、来てくれて、嬉しいですぅ」

光晟さんとの距離を縮めようとする女性に、私は『勇気があるなぁ』と驚いていた。

（こんな人が女子力高い人っていうのだろうか？　いや違うな。ちょっと甘い声がキモイかも。私なんか、光晟さんが隣にいるだけで、心臓バックバクでなんにも言えないんだけど……）

「時間がないから参加しなかっただけですよ」

サラリと答えてビールを流し込む。顔色一つ変えず、ビールを水のようにあおっている。何杯飲んでもこんな調子だと私は知っている。ホテルでの食事の時も、ワインを二本空けて、あと私の知らないウイスキーもロックで飲んで平気だった。この人はきっとザルなんだ。

（一応声をかけてみようかな？　それ水じゃないですよ。って）

などと、いたずら心が顔を出すけれど、今夜は封印したほうがよさそうだ。

今夜の影の主賓は、『長く難しいオペの助っ人を文句も言わずやってくれるイケメンの大澤先生』なのだそうだが、ぶっちゃけ、光晟さんに女性達が群がっているという状態だ。他のドクター達は、女性達のことは諦めて、飲み食いに終始していた。

そうこうしている間に、終わりの時間が近づいて、スイーツが運ばれてきた。

ワッフルのアイスクリーム添えかチョコレートケーキ、またはマカロンだそうで、好きなものを選んで良いらしい。仕事を忘れて、他の女性と一緒に「キャー」っと叫んだら、となりの光晟さんがチラッとこちらを見た。

（どうしよう……全部食べたい）

真剣に悩んで、ワッフルにした。

その間に、皆は二次会の行き先を話している。田中先輩が私にワッフルの皿を手渡しながら言う。

「立花、お前はもういいから、スイーツを食べたら帰れよ」

「あ、でも私……」

私も二次会に行きますよ。と言おうとした。……その時、膝の上にあった私の左手を大きな手が包み込んで、ギュッと握った。

心臓が止まるかと思った。光晟さんが知らん顔をして、コッソリ手を握るなんて！　私はしどろもどろになりながら、田中先輩に返事をする。

「先輩、じ、じゃあ、お言葉に甘えて……」

「営業車で帰るか？」

「えっ……いいえ、で、電車で帰ります」

ワッフルが喉を通らない。いきなり手を握るなんて反則だ。

「せんせいのお菓子、食べないなら下さ～い」

左隣の看護師さんが、光晟さんのスイーツをねだっている。

見ると、光晟さんの前にはピンクとグリーンのマカロンがある。これほどマカロンの似合わない男もいないと思えるほど、ミスマッチな光景だ。

（私も食べたい。看護師さんにあげないでほしいなぁ）

そう願っていると……。

「いや、食べますよ」

ツレナイ返事をする。

「えー！　ケチ～」

看護師さんの声に皆がどっと笑ったが、ドクターの一人が顔を引きつらせて忠告する。

「山内さん、そんなこと言ったら君、来週から大澤先生に鬼のようにしごかれるぞ」

「え～、しごかれたい」

「あーあ、酔っているなこのヒト」

光晟さんの怖さを知っている男性陣は、本気で心配しているのだが、看護師さんに危機感はない。今のところ仕事での接点がないらしく、本気にしていないのだ。MRである自分への態度をみるかぎり、看護師さんも例外ではないだろう……と、私は少しだけ心配する。

「ねー、先生、二次会に行きますよね？」

看護師さんは調子にのって、光晟さんにしなだれかかっている。酒のせいか、周りもおもしろがって囃し立てるけれど、等の本人は、ド無視でウイスキーのロックを飲んでいる。

（この方には、逆効果だと思いますよ……やめたほうが良いのに。でも、光晟さんに『ケチ～』なんて、言える人って凄いな）

空気を読まない看護師さんの、『勇気ある行動』に驚きを隠せない。ふと隣を見ると、光晟さんがマカロンをポイポイと口に放り込んでウイスキーで流し込んでいる。

（ぎゃー！　マカロンを肴にウイスキーを飲んじゃった）

光晟さんの行動に目を点にしていると、若手の医師が声をかけてきた。

「立花さん、大澤先生に見とれているの？」

「い、いえ……。ウイスキーでマカロンを流し込んでいらっしゃったので、その、びっくりして」

そのまんまを答えて、はっ！　とする。田中先輩が恐怖の表情を浮かべてこちらを見ていたからだ。隣で光晟さんは、私の言葉を無視して酒をあおっている。その姿を見て、田中先輩の表情は、ますます凍りつく。しかし、周りの医師や看護師さんは楽しげだ。

「やだー、甘いものもイケるんですかぁ？」

「大澤先生、新人ＭＲさんをビビらせてどうするんですか？」

「いや、ビビらせてない」

　周りの声を意にも介さず飲み続けている。

　そんなこんなで、お開きの時間になった。全員が店を出た後、私も慌てて外に出る。すると……。

「じゃあ、立花、気を付けて帰れよ」

　田中先輩は二次会に向かうべく、すでにタクシーに乗り込んでいた。なんだかんだ言って、結局飲み会が好きなのだ。呆れながら手をふると、もう一台のタクシーに乗り込もうとした一番若いドクターが、声をかけてきた。

「立花さん、二次会に行こうよ」

　そう言って腕を取ろうとする。驚いてアワアワ焦っていると、ポケットのスマホが振動した。

「あ、すみません、ちょっとケータイが……」

　ドクターから離れて電話に出た。

「はい」

「親が用事があると言うので……とか言って逃げろよ。アイツ癖が悪いから」

「あ……」

光晟さんだった。電話の主を探そうと、キョロキョロすると、スマホ越しに笑う。

「こっちを見るなよ。バレるだろ」

「あ、ご、ごめんなさい」

「タクシーで駅まで行って待っていろ。拾ってやるから」

「えっ⁉」

「ハイは?」

「は、はい」

電話を終えると、ドクターがなおも近寄ってくる。私はスマホをバッグに入れると、慌てて言う。

「すみません、せっかくのお誘いですが、用事ができたのでご一緒できません」

「えーっ、残念!」

「申し訳ありません」

あくまでも顧客とMRとしての会話しかしないつもりでいるのだけれど……。

「もしかして、彼氏? 田中さんから彼氏はいないって聞いていたけど、本当はいたりして」

光晟さんのいう通りなのか、若い医師はかなりしつこい。本気で自分は狙われているのかと心配してしまう。私はもう一度深々と頭をさげた。

「申し訳ありません、個人的……」

個人的なことにはお答えできません、とお断りしようとすると、話を遮られてできない約束をされそうになる。

「今度は絶対だよ！」

（今度なんて、絶対ありません！）

言葉を飲み込んで、私はタクシーに乗り込んだ。その際にチラリと見えた光晟さんは甘い声のクラークさんと、あのマカロンちょうだい看護師さんに囲まれていた。

「ホントに拾ってくれるのかな？」と、ちょっと心配になる。

ぼんやりと駅で待つこと十分ほど……なんだか疲れて、お酒を飲んでもいないのに眠くなってきた。それに、あまり食べていなかったので、お腹もグーグー鳴っている。なんだかものすごく心細い気分になって、あと十分待って光晟さんが来なければ、このまま電車で帰ろうと考えていた。

（切符買わなきゃ……）

自販機に近づいたその時、背後から声をかけられる。

「理子」

振り向くと、後ろに光晟さんが立っていた。

「こ、光晟さん」

「こっち」

言うなりサッサと歩いていくので、焦って追いかけた。追いつくと、すぐにタクシーに押しこまれる。

「これから明日まで用事ないだろ？」

ないですか？　じゃなくて、ないだろ。そう言い切るところがすごい。どこまで俺様なんだろうかと笑えてくる。でも実際ないので、はいと言うしかない。

「はい、ないです」

疲れてないか？　と聞かれ首をふると、「じゃあ、飲みなおそう」と、嬉しそうな顔になる。お店の名前を運転手さんに告げてタクシーは動き出した。全てが光晟さんのペースで進むのが、ちょっとだけ癪だ。土曜のお家デートについての連絡を待っていたことを言っておかなくちゃと思った。

「私、連絡を待っていました」

「あ？」

「土曜にウチに来いって言ったから……」

「ああ、メールはやめにした。田中さん主催の勉強会にお前が来るって聞いたから、ちょうど良いと思って参加することにした。なんだ、メールが欲しかったのか？」

そういうことを言っているんじゃないんですけど。などと訴えたところで、理解されない気がする。この人はたぶん合理的にものを考える人なんだ。ならば、こちらの願いを口に出してみたら、どんな反応をするのか知りたくなって、思いっきり頷いた。

「はい。欲しかったです」

今回だけじゃなくて、広島での後もすぐに連絡が欲しかったんです。って、そこまでは言えなかったけれど……。

「そっか、悪かったな。でも、メールはよっぽどじゃないとしないよ。今回は地図を添付するためにメールすると言っただけで、これからは用事があっても電話だな」

「えっ、これからって？」

「お前さ……」

笑いながら私に長い腕を伸ばしてくる。と、突然運転手に意識を向けて声をかけた。

「運転手さん、そこの信号の手前で停めてもらえますか」


タクシーを降りて路地に入ると、鉄製のドアがある間口の狭い店に入る。奥行きがあるので、外見よりは狭く感じない。感じのいい店だった。

「理子、あんまり食べてないだろ？」

飲み会の間、注文取りに忙しくて、少ししか食べることができなかった。そのことに気がついていたらしい。そう言われて、何だか嬉しくて頷くとフッと両方の口角をあげる。

（わ、笑った！）

光晟さんのレアな笑顔？　に、私の胸の鼓動が早くなる。タクシーの中でも、苦笑気味に笑っていたし。病院で見せた冷たい表情とはまったく違う、リラックスした雰囲気に私は戸惑ってしまう。

（どうしたの？　今日は別人みたいに柔らかいですよ。初めて会った時の光晟さんみたい）

そう言ってみたいけれど、再会の時の冷たい表情が頭に浮かんで、口をつぐむ。

私の戸惑いに気がつかないのか、向かいに腰をかけた光晟さんはマイペースだ。

「料理、俺が選んで良いか？」

「はい。好き嫌いないので、お願いします」

「ワインにするぞ」

「はい」

前菜アラカルトとミモザサラダ、野菜のテリーヌを頼んでくれた。

「俺はウイスキーをロックで、彼女はワイン……なんでも良いや、お任せ」

光晟さんの声を聞きながら、私は疲れが出てしまいカウチソファーに深く沈み込んだ。

「疲れているんだな、悪かったな……」

「あ、いいえそんな」

せっかく一緒にいられるのに、疲れて寝落ちしそうな自分が情けない。

「ちょっと場所空けて」

そう言って、隣に移ってくる。どういうつもりなのかわからずに、私は光晟さんを見上げて眉を顰《ひそ》めた。

「訳わかんない」

「俺か？」

「そう……ずっと放置してたり、再会したらしたでありえないほど冷たかったり、突然勉強会にやって来たり、おまけに今日は優しくて……何考えているのか全然わからない」

私は胸の内を全部吐き出してしまった。こんなことを言われて、いい気はしないだろうに、何故か光晟さんはニヤニヤしている。料理とお酒が運ばれると、一口飲んで言った。

「仕事中は、俺だと思わないでくれ」

「え？」

「初日だから、あれでもずいぶん優しくしたつもりだったんだけどな。聞いてなかったか？　俺の愛想のなさを」

大学病院の外来での態度は、愛想がない……などというレベルではないと思ったけれど、そこは黙っておいた。

「後から聞きました。先輩の名前も半年間覚えてくれなかったって」

「お前だけ特別扱いできないだろ。してほしいなら別だけど」

「いっ、いいえ！　しないで下さい」

そんなことをされたら、仕事がやりづらくなる！　絶対そうなる。それはめちゃくちゃ困る。そこは必死に拒絶した。

「だろ？　だから、覚悟しといてくれよ」

そう言うと、私の手を取りぎゅっと握る。

「えっ？　あ、や」

慌てて手を引っ込めようとするのだけれど、光晟さんは離さない。

「なんだよ。手を握っているだけだろ？」

「だ、だって、急に、こんなところで」

「今はプライベートだから良いんだよ。それとも俺に触られるのが嫌なのか？」

「そういうことじゃ……」

すったもんだしていると、店の人が前菜を運んできた。二人の様子をみて、ニヤッと笑って声をかけてくる。

「あらー、光晟君ったら、いつの間にこんな可愛い人と？　向井先生に報告しとこうかしら？」

笑い皺がステキな年上の女性だ。ずいぶん光晟さんと仲がいいらしく、客と店員という関係だけではなさそうだ。

「殺す」

楽しそうな店の人とはうって変わって、いきなり凄む光晟さんに私はギョッとして体を離す。

「またまた～、その殺害予告って何度も聞いているし、凄んだって怖くないもんねー」

「うるさい。コイツが腹空いているから早く料理持って来いよ。あ、酒もな」

「はいはい」

女性は私に笑顔で目配せをして去っていった。

「お店の人と、仲が良いんですね?」

「ここ、従兄のお気に入りでさ、俺もよく来るんだ」

「イトコさんって、向井先生って人?」

「ああ。理子の営業先か?　高松の向井総合病院」

「えっ、そうなの?」

「おふくろが、向井の出なんだ」

「うわ……」

うわ。としか言えないのが情けないが、そんな大物の親族とは知らなかった。向井総合病院と言えば、個人病院としては県内随一の総合病院で、もちろん我が社の超お得意様だ。

大きなバックボーンの存在を聞くと、若干気後れする。……でも、逆に『まあいいか』と開き直ったりもする。これから彼との付き合いが、長く続くと決まったわけではないし……。私は冷めているのかな?　でも、大学病院で再会しなかったら一生会うこともなかったんだし。彼も私のことを一夜の相手という認識しかしていなかったと思う。

あまり期待しすぎないようにしなくっちゃ。好きになったりすると、後で泣きを見る気がするから。

料理は、フレンチなのに薄味で、すごく好きな味付けだった。疲れた頭と体に沁みる。ついでに、ワインも体に染み渡ってしまって、私は瞼を開けていられなくなった。

「あーあ、寝ちゃうなコイツ」

光晟さんの声が遠くに聞こえる。

「光晟クン、女の子酔わせて、どうするつもり〜」

「うるせーな、タクシー呼んで」


気がつくと、光晟さんとタクシーに揺られていた。たどり着いたのは、この市内で一番大きなホテルだ。

「理子、立てるか?」

「ん」

抱えられるようにしてホテルに入る。ふわふわと体が揺れて気分が良い。キーを解除する音が聴こえて間もなく、私はふわりとベッドに降ろされた。光晟さんの動作や声が、出会った時のように優しく感じられて、なんだかホッと安心する。

安心したからなのか、はたまた疲れていたせいなのか、そのまま寝入ってしまった。


次に意識が戻った時には、フワフワのベッドで丸くなっていて、背後に光晟さんの熱を感じていた。

「ん……」

自分のベッドとは違う蕩けそうな感覚に、ビクッとして目が覚める。喉がカラカラに乾いて声が出ない。水を求めて身動《みじろ》ぎをすると、光晟さんの腕に力がこもる。

「理子、また逃げる気か？」

「ううん、冷蔵庫の水が欲しくて」

かすれた声で答えると、束縛はゆっくりと解かれた。

広島での朝、私は自分のことばかりを考えて、光晟さんを置き去りにして逃げた。後に残された彼がどう感じるかなんて、考えていなかったのだ。どこかで、自分がいなくなっても彼は傷つかない。そう思っていた。

「……ごめんなさい」

「ん？」

「広島で、私、逃げ出して」

「しかたないだろう。気持ち良さそうに寝ていたからって、起こさなかった俺も悪い」

「でも……」

「お前さ、慣れないことして恥ずかしかったんだろ？　そういえば……なんで俺と寝たの？」

（そ、そんなこと聞く？　それに、何でって……誘ったのは貴方ですけど）

私は返事に窮してしまって、しどろもどろだ。

「×○▽×□……」

「え？　何？」

「そ、そんなことっ！　聞かないでくださ……」

「なんだよ、いいじゃないか」

「……」

私が返事をしないでいると、光晟さんはニヤニヤして腰に手を這わせる。

「言えよ。言わないと、くすぐるぞ」

（もうっ‼　子供みたいことを言って。でも、本当にくすぐられたら嫌だ）

光晟さんが本気でくすぐる気がしたので、しかたなく答えてしまった。

「素敵だったから……アラガエナイミリョク……っていうか」

「ブハッ！」

「そこ、笑うトコ？」

「抗えないって……昼メロか？」

「もー、押しが強かったでしょ！」

「そうだな」

「だから……私も、旅の恥はかき捨てっていうか……気が付いたら、あんなことになっちゃって」

「俺は、かき捨てられた恥なのかっ⁉」

今度はゲラゲラ笑いだした。

（普通、笑う？　ありえない。なんで笑うかなぁ？）

「じゃあ、光晟さんは、なんで私と？」

「教えてやらないよ」

この人は、意地悪な悪魔だった。忘れていた自分が歯がゆい。そして思うのだ。ここであの看護師さんみたいに『えー！　ケチ～』って言えたらなぁーって。

「あのマカロン……食べたかったな」

「マカロン？」

「デザートのお菓子、一口で食べたでしょう？」

「ああ、あれか。俺は、こっちの方が食べたい……」

そう言って、私の耳たぶを軽く噛んだ。それから、唇が下に降りてくる……首筋から鎖骨、二の腕、そして手首の裏側にまでソフトなキス。仕事中の彼からは想像もできない優しさで触れてくる。

「理子、いい？」

私は声も出せずただ頷くしかない。組み敷かれて本気のキスが始まる。

光晟さんに触れられると、どうしてたやすくこんなことになってしまうんだろう？

（光晟さんのキスが好き。それ以外のコトも……すっごく慣れすぎている所が、気になるけど）

「ん……理子、どうした？」

無言で見上げると、光晟さんはクスリと笑った。

「どうせ、くだらないこと考えていたんだろ」

（どーせ、くだらないことですよ。光晟さんの過去の女の人に嫉妬するなんて……）

6　クロワッサンの朝

このホテルは広島で泊まったホテルチェーンの一つだった。なので……朝食に待望のクロワッサンをルームサービスしてもらった。

光晟さんが、

「朝食を食べなさい」って怖い顔をして言う。

籠に入ったサックサクのクロワッサンとデニッシュ。ポットで淹れられた紅茶、ふんわりとしたオムレツ、ベーコン、オレンジジュースにフルーツ。

ザ・ホテル朝食って感じだ。

「わー嬉しい。でも全部食べられるかな？」

「全部食べろ。理子は大体、痩せすぎだ」

「うっ……」

一人暮らしを始めてからすこしずつ体重が減ってきた。疲れ切って帰宅すると、ちゃんとした食事を作ることは難しい。実家にいた時には、母や家政婦さんが作ってくれた食事を当然のように食べていたけれど、今になればとてもありがたいことだったのだとわかる。

「一人暮らしだと、ごはんを作ってくれる人がいないから、やっぱり痩せちゃう」

「このままの生活を続けて体重が戻らなければ、子供ができない体になってしまうぞ。仕事がキツイのか？」

「……そ、そうだけど……たぶん、食べる量が少ないんだと思う。疲れやすくもなっているから、今度漢方外来に行こうかと思っていたんだけど」

「漢方外来なら向井病院に行くといいよ。それから、普段から少々無理してでも食べろ。……まったく、目が離せないな」

　そんなセリフを吐かれると、まるで私の体調を管理する役割を光晟さんが担っているみたいに聞こえる。

（おかしいなぁ……別に付き合っている訳でもないのに。変な人）

　光晟さんの態度を不思議に感じたけれど、気まぐれで言ったのかもしれない……。私はそう思った。

　十時ごろまで、それからたわいのない話をしている間に朝食を完食できた。

　ホテルでゴロゴロしてから高松まで送ってくれると言う。私はバイクだと思いこんで首を振った。

「……だって、バイクでしょう？」

「四輪だけど」

「あ、そうなの？」

「お前、やっぱり天然。いくらバイクが好きでも、毎日じゃあ体がもたないだろう」

呆れたような表情で光晟さんが言う。私は天然認定を思いっきり否定した。

「天然じゃないです！」

「そうか？　わりとボケていると思うけどな」

天然と言われて喜ぶ人はいない。おまけにボケと言われたら普通は怒ると思う。納得がいかないけれど、光晟さんが言うんだから、もしかしたら天然なのだろうか？　と、うなだれてしまった。そんな私の気持ちにはまったく頓着せず、光晟さんはせっせと帰り支度を始める。車は、非常勤の病院に置いているそうで、私達はそこまでタクシーで向かった。

車は大きいSUVで、タイヤも大きくて迫力がある。自分の車が軽自動車なので、余計に大きく感じられた。助手席に座ると、広い車内や革のシートの感触に驚いてキョロキョロする。

「父の車よりも大きい……」

「親父さんの何？」

「……ドイツの」

「ふーん」

光晟さんはそう言って、おもむろにシャツを脱ぎ始めた。

「えっ、ここで何をっ⁉」

「あ？　着替えだよ。後ろのバッグからシャツを取ってくれ」

「あっ、はい」

見覚えのあるバッグが後部座席に転がっている。初めて出会った時に光晟さんがバイクにくくりつけていたバッグだ。開けると、クリーニングされたシャツが二枚入っていた。ジーンズだったから、生成りの麻シャツを取って渡す。

「靴下も」

靴が皮のローカットスニーカーだったから、足首丈の白靴下を渡した。

「何気にちゃんと合わせられるな」

「そうですか？」

ほめられて、嬉しくなって俯いていると、首すじを撫でられてビクッと顔を上げる。

「理子、お前の親父さんって何をしている人？」

いきなり身辺調査がはじまった。

「か、会社経営をしているヒト」

「ふーん。なのに理子は家を出て苦労しているんだ」

「大袈裟ですよ、苦労なんて。就職したから独り立ちしただけです」

「そうか？　跡を継ぐなんてことは考えなかったのか？」

「私……あの……授業料の返済があって……。それに早く独立したくって、お給料の良い所に就職したかったの。実家の後継は、従兄がいるから、その……大丈夫なの」

「ふーん？　なんだかわかんねーけど訳ありか。まあ、それが理子の望み通りで、両親も納得しているんならいいけどさ」

「両親は納得している……と良いな、とは思っているけど……」

歯切れの悪い答えに光晟さんは首を傾げる。

「まあ、良いよ。それより、真珠のネックレスは俺のマンションにあるからまた今度な。良いか？」

「はい。全然急ぎません。失くしたと思っていたから、あるとわかっただけで嬉しいし」

「……お前、本当に欲のない女だな」

欲はなくはないので、ちょっとだけ物欲を語ってみた。

「欲、ありますよ。コールハーンのチャンキーヒールとか、カルティエのリングとか、ディオールのジュニア用トートとか欲しいし」

「何それ？　何語？　俺には理解不能だわ」

「つまり、私にだって物欲はあるってことです」

「そうか、良かったよ。お前が仙人じゃなくて」

両親、特に父の話はしたくなかったから、話題を逸らすことができて良かった。それでも、光晟さんが何を気にしているのかを知りたかったけれど、聞くのが怖くもある。父との確執を話すのは、できれば避けたい。それよりも、光晟さんが私の家族にまで関心を持っていることが意外すぎて、私はそれに驚いていた。

車は高速にはいると加速を続け、道路をすべるように進む。運転席をチラ見すると、真剣な表情でハンドルを握っている。少しだけ伸びたヒゲがワイルドだ。無精ひげが凄くセクシーに見えるなんて、私は相当に光晟さんのフェロモンに毒されている気がする。

　高松西で高速を降り、信号待ちで住所を聞かれた。そうか、言っていなかったっけ、と今更気がついた。それほど昨夜からの私達の関係は妙に『しっくり』し過ぎている。

　その理由を考えている間に、車は私のマンションの前に着いていた。ドアを開けて外に出ようとすると、「じゃあな。メシちゃんと食えよ」と言ってギアをバックにいれるので、戸惑ってしまった。あまりにあっさりとした別れにガッカリして、逆に引き止めたくなる。

「あの……お茶でも」

　一応礼儀だし、これではあまりにあっけない。昨夜からの流れからだと、『また連絡するよ』とか言って、キスしてくれても良いのに。と思う私は身の程知らずなのだろうか？

「俺、この後、向井病院で仕事があるんだ」

「土曜なのに？」

「ああ。オペの手伝い。アホな従兄弟が死ぬほどオペ予約を入れやがって、緊急でヘルプが入ったんだよ。悪いな、本当は俺の家でお前とまったりする予定だったんだが」

　それならば仕方がない。でも、私の顔がよっぽど残念そうに見えたのか、降りようとすると肩を摑まれた。

「理子、寂しいのか？」

（そりゃあ寂しいですよ。今日もずっと一緒にいられるのかと思っていたし。そんなことを考えていた私って、図々しいかな？）

かすかに頷くと、摑んでいた手が肩をすべり、腕を撫でられて離れる。そんな仕草一つで、私の肌がゾクリと反応してしまう。背中から肩先までが期待で震えてしまうのが、我ながらあさましい。

「夜遅くなってもいいなら寄るよ」

「えっ、本当に？」

嬉しい！　でも良いのかな？　甘えちゃったのかな？　などと思っている間に口をパクパクさせていたようだ。

「金魚か？」

光晟さんは、笑いながら私の頭を撫でる。結局キスはなくて、『じゃあな』と言って車は行ってしまった。

部屋に入って、溜まっていた洗濯物を片付けることにした。洗濯機が仕事をしてくれている間に掃除機を取り出して掃除を始める。夜に会えると思っただけで、俄然やる気が出てしまうのが我ながらゲンキンだ。部屋は綺麗になったけど、けっこう汗をかいたので、昼間から贅沢だけどお風呂に入ろうと洗面室に向かう。鏡で全身を見て……私は息を吞んだ。

デコルテ部分から下のいたるところが赤くなって、理由を知らなければ病気の人みたいに見える。これは光晟さんのヒゲのせいだ。ふと後ろが気になって手鏡で首筋を見た。鬱《うっ》血《けつ》した痕がくっきりと残っていてドキッとする。こんなになっているなんて、全然気が付かなかった。なんだか急に恥ずかしくなってきた。痕は残らないと思うけど、明日の朝、洋服を着るとき気を付けよう……。

お風呂の中で、来週の仕事を脳内シミュレーションする。月曜は内勤だ。昼から休みをもらって向井病院の漢方外来に行こうと思っていた。火曜は……一人で愛媛の大学病院への営業。光晟さんの病院だけど、「仕事の時は別人」って本人も言っていたから本気で怖い。

（また、泣かされたらどうしよう……子供か？　って笑われるんだろうか？）

二重人格を自分で作り上げてコントロールしているなんて、極端な人だなあ……と思う。どういう人生を送ったらあんな性格が出来上がるんだろう？　本当に不思議な人だ。

「仕事の時も、普段の優しい人でいてくれたら良いのに」

呟くだけで本人には言えないけれど……。

で、火曜日の大学病院の後はもう一件営業に向う。来月は、新薬の勉強会で東京出張が決まっている。なんだか、やたらと忙しい。おまけに十二月の最初の日曜日にはＭＲ認定試験に突入する。この試験をパスしなければ正式にＭＲだと認められない。

「あーあ……」

天を仰いでため息をつく。私って、この仕事好きなのかなぁ？　まだ、必死に仕事をこなすだけで、好きか嫌いかさえわからない。

光晟さんは、夜十時にマンションにやって来た。

「いまから行くよ」の電話もなし。夕食は、たぶん食べてくるのだろうと思っていたから、光晟さんの分は作らずに、オニギリとインスタント味噌汁だけ食べて待っていた。何故か私の体調を気遣ってくれるから、お土産とか買ってくれたりして……と予想していたら、本当に買ってきたので驚いた。お土産は、お寿司とパン。

「夕食はお寿司だったの？」

「ああ、従兄の奢りだ。ホテルの中にパン屋があったから、理子の朝飯用に買ってきた。パン好きだろ？」

「好き。ありがとう」

なんだろ、この家庭的な感じ……光晟さんが優しいお父さんみたいで、うれしい。本人にそう言うと、顔を顰《しか》めて苦笑いをされた。

「俺が優しいって、お前の目は節穴か？」

「そうでもないと思う」

本当は優しいくせに、そんなことを言うんだ。

「また病院で俺に会ったら、理子は俺のことを大っ嫌いだって思うに違いないよ」

「仕事中の光晟さんはちょっと怖いけど、普段の光晟さんは優しいって知っているから大丈夫」

私がそう言うと、光晟さんは目を見開いて私を凝視していた。首を傾げて見つめ合う。

一瞬の間の後、光晟さんが呟いた。

「本気で俺が優しいと思っているのか……？」

「え？　優しいですよ。どうしてそんなに驚くの？」

「いや。俺『優しい』なんて言われたこと、生まれて一度もない。大体、悪ガキだの、悪魔だのって言われて育ったからな」

「またまた……。彼女とかには優しかったんですよ……ね？」

まさか歴代の彼女にも悪魔キャラで接していたのかと、ちょっと興味があった。すると、意外な一言が返ってくる。

「彼女？　そんなもの、今までいなかった」

「え……？」

7　噂の光晟さん

月曜日。私は半休をもらって、今朝予約した向井総合病院の漢方外来を訪れた。『玉井って言うドクターに診てもらうように』って、光晟さんが言うので、素直に玉井先生を希望した。

月曜は混んでいて、診察まで1時間弱かかるらしく、併設されているコーヒーショップで待つことにする。

店内は混んでいたけど、なんとか奥の席を確保して、ドリンクと昼食代わりにキッシュを買った。

（こういう食生活がダメなのよね。帰ったらちゃんとご飯を食べようっと）

そう呟きながら、キッシュにナイフを入れ一切れを味わう。

「うまっ」

咀嚼しながらボヤーっと店内を見ていると、スイーツのショーケースの前に白衣の大男二人と、スラッとした綺麗な女性が立っていた。

三人はケースを指さして店員と話をしている。

難しい話をしているみたいに見えるけれど、どう見ても、ケーキの注文をしているだけだ。やがて、超目立つ三人は私の目の前のテーブルに腰を下ろし、嬉しそうにスイーツを食べ始めた。

聞くともなしに話が漏れ聞こえてくる。

「兄貴さぁ、何で、いつもわざわざ店内で菓子食うわけ？」

「好きなんだよここが。なー、美穂」

（うわぁ、二人とも、声がすごく良い！　チラッと見えた顔も、綺麗なお顔だったし……何この病院、顔面偏差値が高すぎ）

「そう言えば、土曜も光晟が手伝いに来ていたのか？」

光晟さんの名前を耳にして、はっと顔を上げると、白衣の大男とテーブルを挟んで向かい合っていた女性と目が合ってしまった。

その女性は、目が合った私に微かに笑いかけ、話の輪に加わった。

「光晟さん、相変らずだった？」

「変わらずエラそうだった。いや、ちょっと機嫌よかったかな」

と、兄貴と呼んだ男性が話している。そうか、『兄貴』がここの院長先生なんだ。女性はその奥さんかな？　で、光晟さんがオペの手伝いをした相手が院長の弟さんだとわかった。

もっと聞きたいけど、あからさまに聞き耳を立てるのは失礼だ。キッシュを完食すると、ドリンクを持って店を出た。

店を出る時に垣間見た男性たちは、やっぱり光晟さんによく似ている。特に院長先生がとても似ていた。細面の上品な顔に、切れ長の瞳。血ってすごいな……と私はなんだか感心してしまった。


コーヒーショップを出て三十分後、漢方外来の待合室で名前が呼ばれるのを待っていた。

「立花さんどうぞ〜」

事務服の女性に呼ばれて診察室に入る。パソコンに向かっていた男性がこちらに顔を向けた。

(うっ……！)

光晟さんに再会してから、イケメンに免疫ができたつもりだったのだけど、この男性……漢方外来の玉井先生の顔面偏差値は桁違いだった。光晟さんより年上だということはわかるけれど、なんというか、年齢不詳。肌の色が白いせいか後光がさしているように感じる。ある意味『ありがたい』と手を合わせたくなるような美形だった。

(光晟さーん、私に予備知識を、もっと与えておいてくださいよ。調子が狂うじゃないですか！)

玉井ドクターは、自己紹介をすると、私に名前と生年月日を尋ねた。本人確認は重要なのだろう。その後は穏やかな声で問診をする。脈を診たり、舌を診たり、口の中まで覗いたり……他のドクターとは明らかに違う診察が行われていく。

「ホルモンバランスが、少し崩れているんでしょうね。血液検査は必要ないでしょう……。二週間分漢方薬を出すので、飲みきる前にまた来院してください」

「はい」

「それと……三食きちんと食べて、体重を少しでも増やす努力をしてください。次回も体重測定しますからね」

「はい」

「栄養補助食品などを携帯して、空腹を感じた場合に備えておくのも良いですね。ご自身でいろいろ工夫してください」

……優しい言い方だけど、自分でも考えて努力しなさいってことですよね？　二十二歳にもなっているのに、自分が子供に返ったような気がしてきた。ただひたすら恐縮してしまう。

診察が終わって処方箋が渡されるのを待っていると、玉井ドクターが寛いだ表情で私に言う。

「光晟から聞いていましたが、思っていたより早くに来院されたので安心しましたよ」

「えっ……！　こ、光晟さんが？」

驚き過ぎて、つい素が出てしまった。玉井ドクターは、笑みを浮かべて会話を続ける。

「珍しいこともあるものだと、楽しみにしていました。立花さん、アイツは愛想のない奴ですが、根は良い男なのでよろしく頼みます」

「いっ、いえそんな……私はその……あの、こちらこそよろしくお願いします」

光晟さんの人柄はわかっているつもりです。とか言えばいいのだけれど、焦りすぎて何も言えない。それに、どうも彼女と間違えられている気がして恐れ多い。どちらかと言うと、セ……セフレというか……。なんて、言えるはずがない。私はしどろもどろになりながら、首振り人形みたいに、何度も頭を下げていた。


翌日は、一人で愛媛へ営業に向かう。

新薬のパンフレットと、会社のヒット商品スポーツ飲料の粉末を営業車に乗せて、光晟さんのいる大学病院へ向かった。

外科系のドクターにパンフレットとスポーツ飲料の粉末を渡し、医局秘書の女性に同じものを託した。そして、面会予約していた外科部長に会うため、他社のMRといっしょに待合で座っていると……光晟さんが女性のドクターと連れだって目の前を通り過ぎた。

「あ……」

私がボーッと見送っている間に、他社のMRさんは二人に声をかけ、資料を渡している。突然通りかかった外科医を逃がすまいと、他のMRさんもそれに続き駆け寄っていく。

私は、連れのドクターを何科だったっけ？　と、自分の記憶をたどっていたので、皆に一歩遅れてしまい渡すことができなかった。

（私、トロイ、トロすぎる……）

茫然としていると、他社のＭＲさんに心配されてしまう。

「小塚さん、渡さなくて良いの？」

「医局秘書に預けたんですけど……」

「あー、そういうのは、先生の手元に届かないこともあるから、本人に渡す方が確実だよ」

「えっ、そうなんですか？」

「ライバル社に教えるのもバカみたいだけど、追いかけて渡した方が良いかもね」

うわっ、これ渡さなかったら先輩にどやされちゃうよ……。私は、小走りで光晟さんを追った。

（あっ、いた！）

光晟さんと連れのドクターは、長い廊下の先の角を曲がる寸前だった。しかし、病院の廊下で大きな声も出せず……一瞬だけ光晟さんがこちらに目を向けた気もしたけど、たぶん気のせいだと思う。

（あーあ、行っちゃった）

ガッカリして、壁にもたれて息を整えた。腹ペコで走ったので、一気に脱力してしまう。ふぅ〜とため息ついて俯くと、いきなり頭をポコッと叩かれた。

視線の先には……丸めた資料を手に持った光晟さんがいた。

「あ……小塚製薬です、お世話になります」

とっさに挨拶したら、ヌッと手を差し伸べられた。

「資料渡せよ。あるんだろ？」

「あ、はいっ」

パンフレットを手渡すと、いきなり食事の確認をされる。

「昼飯は？」

「これ終わったら、ちゃんと食べます」

「そっか、じゃあな」

そう言ってサッサと行ってしまった。ゴハンの心配って、光晟さん、あなた私のオカンですか？　なんだろう、胸がほっこり温かくなって自然と笑みがこぼれてしまう。

（ちっとも怖くないですよ、光晟さんったら）

ＭＲ用の待合に戻ると、他社のＭＲ達が談笑していた。

「大澤先生に無視されずに渡せたなんて、奇跡だ」

「一緒にいたの、あれって小児科の新任ドクターだろ？」

そうか、新しいドクターだから、私の頭に入ってなかったんだ。でも、小児科と外科ってあまり交流がなさそうなのに、連れだって歩くなんて……どうして？

「大澤先生が呼び寄せたって噂、本当かな？」

ＭＲの控室では、他社のＭＲさん達から情報を頂けるので、新人の私にはありがたい反面、こういう聞きたくない情報も入ってくる。

「イヤ、反対に追いかけてきたって聞いたよ。学生時代に付き合っていたとか……ま、ナースから仕入れた噂だから、信憑性はゼロだけど」

「いずれにしても、訳ありな二人ってことですかね」

そう言い合って、彼らは含み笑いをする。私はそれを聞いて胃が重くなった。

（……食欲失っちゃったよ）


金曜日には、営業で訪れた向井総合病院の廊下で玉井先生とバッタリ会った。玉井先生は、この前コーヒーショップで見かけた女性……たぶんここの院長夫人と一緒だった。

「玉井先生、先日はありがとうございました」

「こんにちは。今日は営業？　その後調子はどうですか？」

「はい。大きな変化はないのですが……お薬のおかげか、調子はとてもいいです」

話をした後、会釈をして通り過ぎようとしたのだけれど、呼び止められてしまう。

「立花さん、院長夫人を紹介するよ」

一営業の私を院長夫人に紹介してくれるなんて、おこがましい気がする。ドキドキしながら挨拶をすると、玉井先生は悪戯っぽい表情で言う。

「立花さんは、光晟からくれぐれもよろしくと頼まれている方なんですよ」

そう夫人に告げた。

「光晟さんが？」

それを聞いた院長夫人は、目を丸くして驚いている。私は恥ずかしくて目を伏せた。

（付き合っているわけでもないのに……玉井先生ったら、どうして？　それに光晟さんも『くれぐれもよろしく』なんて、本当に言ったの？）

私は、バツが悪くて落ち着かない。

「いいえ。ただの知り合いですから、そんな……。私、今日は仕事でお伺いしているので……あの、これで失礼させていただきます」

いやーっ、もう、恥ずかしい。自分が赤くなっているのがわかる。だって、頬や耳を触ったら熱いから。


向井総合病院にもＭＲ用の待合スペースがある。階段そばのビニールソファーだけど、そこに黒っぽいスーツ集団が集まるさまは、はた目にも怖い。自分もその一員なのだけれど、どうにかならないものかしら？　と常々思っていた。できることと言えば、黒っぽいスーツを止めて、明るいグレーやベージュのスーツを着用して、すこしだけ雰囲気を柔らかくすることくらいだ。髪も、ひっつめて一つに括っていたのを、そのまま括らずにおろしてみた。ありがたいことにストレートなので、きちんとした印象は保てる。

今日は、外科の向井先生にアポイントを取っているけれど、オペが立て込んでいて、会うのはムリかもしれないと医局秘書に言われて気落ちしている。でも、待てるだけ待っていようと、他社のMR達と出待ちをしていた。

大手の漢方会社のMRの男性と名刺を交換して、私も漢方を飲んでいるんですよ、なんて少しお話をしていた。しばらくするとオペが終了したらしく、足音が聞こえてきた。振り返ると向井先生が半袖のスクラブ姿で医局に向かう途中だった。

「向井先生、お忙しい所……」

他社のMRが話をしている間、その後ろで順番を待った。最後に私の番がきたので、資料を渡し、少しだけ説明をしていた。夢中だったから、背後からやってきた人物に気が付かなかった。足音も立てていなかったから当然かもしれない。

話が終わって頭を下げると、目の前の向井先生が私の背後に視線を向けて口を開いた。

「お前、この後どうすんの?」

背後の人物に、邪魔をしてしまったお詫びをしようとした。その時……私の肩に手が置かれた。

「え……?」

そこには、濃いブルーのスクラブを着た光晟さんが立っていた。

「コイツに用があるんだ。先に行ってくれ」

「なんだ、知り合いか?」

「ああ」

向井先生が私の顔をまじまじと眺めた後、ニヤッと笑って立ち去って行った。

「来ていたのか？」

「は、はい。お疲れ様です」

光晟さんは、私と話をしようとしたのだけれど、他社のMRがいることに気が付いて口を閉じた。

「後で……」

それだけ言うと、大股で向井先生の後を追う。

放置された私は唖然として光晟さんを見送っていた。先日は愛媛の大学病院、そして今日は向井総合病院。それに、愛媛の別の個人総合病院でも仕事をしている……神出鬼没な光晟さんに私は混乱してしまう。『後で』って、いつ？　ここで待て？　それとも、私のマンションに来るの？　……束の間、ぼんやりしていると、近くにいた他社のMRが声をかけてきた。

「立花さんって、大澤先生の知り合いだったの？」

「あの……知り合いと言っても、その……あ、でも大澤先生をご存じなんですか？」

「僕は大学病院の担当じゃないけど、大澤先生は有名人だから知っているよ」

「えっと……あの、有名人って……？」

「名物ドクターだからね」

「へ、へぇ……」

詳しく教えてほしかったけれど、この話だけに食いつくのも変に思われるといけないので、軽く流しておいた。

（名物って、きっとあの仇名のせいだよね……）

8　過労死はしないけれど

仕事を終えてマンションに戻ったのが二十時。これだから、痩せてしまうのだ。お腹が空きすぎて何も感じなくなってしまったけれど、冷凍していたご飯を温めて、卵焼きとお味噌汁と豚肉のソテーを作ってゆっくりと食べた。光晟さんは来るのだろうか？　気になってスマホをチェックしたけれど、連絡はきていなかった。

食べ終わって、ぼんやりとＴＶを見ていた。フッと……この前大学病院で見た、光晟さんと小児科ドクターとのツーショットを思い出して、気分が落ちる。自分が馬鹿らしくなってきた。ダメダメ、マイナスな考えは。根拠のない噂を聞いて落ち込むなんて、女々しいぞ私。

のそのそと立ちあがってお風呂にお湯をはる。その時、いきなりチャイムが鳴った。ピンポーン♪　……何も考えずドアを開けたら、光晟さんが立っていた。

「あ、光晟さん」

「理子、確認してからドアを開けたか？　今度からドアチェーンは掛けとけよ、誰が来るかわからないんだから」

「おっしゃる通りですが、ここには母以外に光晟さんしか来ませんよ」

そう言ったら、何故かニンマリとする。小さなソファーに我が者顔で座るから、足元に正座した。私の髪の毛を撫でて、一房つまむ。なんだか自分が犬に思えてきて笑える。

「仕事中も、髪下ろしているんだな」

「変でした？」

「イヤ」

そう言いながら髪を離さない。おまけに無言で私を見つめているから、なんだかプレッシャーを感じて髪型を変えた理由を白状してしまった。

「MRの軍団って、黒一色で怖いって聞くのでスーツの色を少し明るくしたり、髪型も気分転換で変えてみたんです」

「気分を変える必要があったのか？」

(私のバカ……貴方のせいなんですけど。とは言えないし、墓穴ほっちゃった)

「必要はないんですけど……。それより今日ビックリしました。愛媛の大学病院にいるんだとばっかり思っていたのに、向井病院にいたから。オペ応援だったんですか？」

「第一助手が足りなくなったって、従兄が半泣きで電話してきたんだよ。片道三時間くらいだから、午前の外来が終わったら来られるだろう？　なんて言うんだからな。まったく迷惑な話だ」

「そうなんですね。でも、私は光晟さんに会えたから良かったです。肩を叩かれて振り返った時は、夢かと思いましたもん」

「大袈裟な。お前俺の担当なんだから、平均週一で会えるだろ。休みにだって会いたくなったらマンションに来ればいい。とは言っても、お前には遠いか？　車の運転ヘタクソだからな。高速飛ばしても、三時間で足らないよな」

「ヘタクソは余計です」

むくれていると、両脇を掴まれて持ち上げられた。怪力かよと内心でツッコんだのだけど、光晟さんの膝の上にふわりと下ろされた。髪の毛を撫でられて、うっとり目を閉じたのも束の間。

「理子、こっち向けよ」

言われるがまま向かい合うと、自然と光晟さんの膝に馬乗りになってしまう。

(これって、なんだか危険な体勢なんですけど……)

視線の高さが同じになったので、緊張して目を泳がせていると、背中に腕が回されてギユッと抱き締められた。

「……ッ」

オデコをゴツンと合わせて睨みつけるから、逸らすこともできず、お互い超至近距離で見つめ合う。こんなことを普段はしないので、恥かしさが先に立ってきた。次第に頬が熱くなって、モジモジと焦っていると、チュッとキスが落ちてきた。

すぐに唇が離れたのが寂しくて、口をとがらせると、今度は長くて深いキス……。

「……んっ……んんっ……」

部屋着のスウェットワンピースの裾がめくりあげられ、ショーツの中に手が入ってくる。

「もう濡れてる」

「や、そんなこと……」

キスをされたから濡れたのではなくて、私の中は今日一日ずっと潤んでいた気がする。それを言うと、物欲しそうな女だと思われそうだ。

「オペの後、さらに手伝えって言われて、大腸内視鏡検査を三件したんだけど、理子に早く会いたくてたまらなかった。」

中の壁を指で擦りながら先に言われてしまう。この時間を待っていたのは私だけじゃなかったんだと知ると、嬉しくて、喘ぎながらつい白状してしまった。

「私も、ずっと……その……光晟さんを待って……っ、あ……」

「わかってる」

それだけを言うのがやっとだったけれど、わかってくれたみたいだ。光晟さんは、ベルトを外すと前をはだけて、固くなったモノを解放した。明るい照明の下でそれの全貌を見たのは初めてだったので、私は一瞬ギョッとしたのだけれど、赤黒く猛々しいくせに、震えていて、その先端に水滴が載っているのに気が付いて思わず手を差し伸べた。触れると、屹立がまた震えた。水滴を指で擦ると、粘り気があるのがわかる。

「理子、触って」

艶めかしい眼差しで私に請う。ううん、お願いじゃなくて、これはきっと命令だ。両手で握りしめると、屹立がビクビクと震える。先っぽから水滴が溢れてくるのを指で撫でながら上下にしごくと、光晟さんが呻き声をあげて天を仰ぐ。

「う……っ、理子……」

私の手で触られるだけで、あの光晟さんがこんな姿になるなんて……。私はもっと汁を溢れさせたくて、ギュッと強く握った。すると、いきなり押し倒されて私はソファーに横たわった。ワンピースを捲り上げられたままで、ショーツが剝ぎ取られる。足を広げられて、そこを舌が這った。

「あ……っ、や、光晟さ……！」

熱い舌で秘所をひと舐めされただけで、腰が跳ねる。溢れる蜜を舌ですくい啜られて私は腰をくねらせた。中に舌が入ってきて思わず腰を反らせる。

「ああッ……！」

「理子、そんなにイイのか？　俺のを触ったから興奮したんだろ？」

「や、ちが……っ、だって、私に触ってって言うから……触っただ……け」

「楽しんだくせに」

指が入ってきて、中を擦りながら蜜を掻きだす。その間にも、舌はぷっくりと膨らんだ蕾を刺激する。……と、軽く蕾を齧られて、私は思わず声を上げた。

「あっ、あぁっ……！」

「……次は俺も齧ってもらおうかな」

そう言うと、敏感な蕾を舌で舐め、軽く齧り、吸い上げる。もう私は光晟さんのなすがままで、喘ぐしかない。ズズッと愛液を吸う音が遠くに聞こえた気がする。

舌が離れると、避妊具のパッケージを開く音が聞こえた。アレが私の中に入ってくるんだ……そう考えるだけで、期待で中がまたじんわりと潤ってくるのがわかる。

「理子……」

行為の時独特の深い声で私を呼ぶ。その声を聞いただけで、体が痺れるような喜びを感じてしまう。まだ数回しか交わっていないのに、私はもう光晟さんに馴らされてしまったみたいだ。

蜜口を押し広げて、剛直が入ってくる。私の中はきっと、期待で震えているだろう。少しだけ鈍い痛みを感じた気がしたけれど、すぐにそれは快感に変わる。

「あっ……はあっ……」

互いの腰が密着して、少し動いただけで、敏感な秘所が反応する。

「あ……ん、どうし……て、気持ちい……い」

「俺も。理子の中は死ぬほど気持ちが良い」

行為の後、『明日忙しいから、帰るよ』と言われたのだけれど、私はずっと一緒にいたくて、胸に顔を埋めてイヤイヤと首をふった。光晟さんは結局泊まることになってしまい、翌朝早くに私のマンションを出ていった。私はますます貪欲になっていくみたいだ……。

週末の土曜日、

今日は母の買い物に付き合っているのだけれど、気がつくと先日の光晟さんとの濃密な夜を思い出していて、一人で妙な汗をかいていた。隣に母がいて、おまけに外出中なのに、そんなことを考えるのは不謹慎だ。

母が新しいバッグを買うというので、デパートのハイブランドショップに入った。この店は母の大のお気に入りで、光晟さんとの初めてのデートの夜に履いたサンダルはここの製品だ。

母は私が勧めた型を気に入って、色を選択中。赤系を選べば？ と言ったのだけど、他の型にも目移りしてウロウロしはじめた。決まるのはいつになることやら……。

好きにしてくださいって言って、私はメンズのコーナーへ向かう。光晟さんのボストンと同じものがあった。嬉しくなって触っていたら母がやってきた。

「あら、それ欲しいの？」

「ううん、要らない。それより、お母さんの小さめのスーツケースを貸してほしいんだけど」

母が持っているサイズなら、東京出張に丁度いいはず。モノグラムだから汚したり傷つけたりの心配もあまりない。母は結局私が勧めたバッグの赤を買った。ハイブランドでの買い物の後は人気のカフェでランチをして、のんびりと過ごした。

「久しぶりに理子とお出かけができてうれしいわ」

「……お母さんゴメンね。結局私の我儘で家を出たりして」

地元に配属されたのに、マンションを借りて住んでいることに罪悪感がある。しかも、来年は転属願いを出す気満々だし。……母にしてみれば一人娘と自由に会えないのは寂しいのだろう。今日の親子デートで母の気持ちが少しでも紛れるといいな。と私は思っていた。

「子供はいつか自立するものだから、仕方ないのかもね。それより理子、ちょっと痩せた？」

「食欲がね……でも、漢方飲んだりして頑張っているんだ。向井病院の漢方外来に通院しているの」

「お母さんも罹っているのよ、玉井先生に」

「え、私も玉井先生だよ」

それからは、玉井先生談義で盛り上がってしまった。

「こんど、貴方のことを話してみようかしら」

うっ、それは……まずいかも。私は必死で止めにかかる。

「お母さん、恥ずかしいからやめてね。仕事でも伺う機会があるから、実家のことまで知られるとちょっと……」

「そうなの？　じゃあ仕方ないわね」

食事の後、愛車で母を家まで送った。家に入るのを断って帰ろうとしたら、間の悪いことに、父の車が駐車場に入ってきた。秘書の佑樹《ゆうき》さんも一緒だ。

佑樹さんは、父方の従兄にあたる。八年前に香川の大学に進学したのを期に我が家に迎え入れられた。それまでは双子の兄と一緒に高知の中高一貫校で寮生活をしていたのだ。大学を卒業後、父の会社であるタチバナに入社してもう四年になる。今の立場は父の秘書だけれど、ゆくゆくは後継者となるべく父に付いて勉強中なのだ。頭が良くて穏やかで優しい佑樹さんを、父は息子のように可愛がっている。私にとっては優しい従兄で、あまり男性っぽくないので、思春期に同居を開始した割にはすんなりと受け入れることができた。

「帰っていたのか」

私を見ると、父はいつも機嫌が悪くなる。

「もう行きます」

車に乗り込もうとしたら、すかさず悪態をつかれる。

「そんなボロボロの車に乗って家に帰ってくるな。恥ずかしい」

「……」

「それに、どうしたその痩せようは！　安月給でこき使われて、ろくに食事もできていないんだろう。情けない」

「会社からは、それ相当の給料は貰っています……。お母さん、佑樹さん、帰りますね」

エンジンをかけて車を動かそうとした私に、佑樹さんが駆け寄ってきた。

「理子ちゃん、伯父さんは口は悪いけど、君を心配してのことだから……」

「それはどうかわからないけど、気にしていないから大丈夫」

精一杯の強がりで、佑樹さんに笑顔を見せて車を出す。父と顔を合わせるといつもこうなのだ。いつ頃から険悪になったのかは、はっきりと記憶にないけれど、私が高校生の頃くらいから、父の当たりが厳しくなった気がする。佑樹さんが家から大学に通うようになってからは、ことあるごとに父が『後継ぎができた』と言うので、てっきり佑樹さんが家業を継ぐのだと思っていた。そのせいで、私は勝手に自由な未来を夢見るようになっていった。大学を卒業したら、大阪か東京あたりに就職をして、自分の力で生活をする。そして、素敵な男性と恋愛をしたい……。なんてことが実現するんだと思っていたのだ。もともと父の会社を継ぐという考えは私にはなかった。男尊女卑的な考えを捨てきれない父の思考が嫌いだったし、社長業が激務だと知っていたからだ。

子供の頃から、家で父の姿を見ることはほとんどなかった。出張が多く、たまの休みには接待ゴルフに会合など、スケジュールはいつも一杯。夜帰ってくるのも私が寝てからだし、たまに朝見かけると、いつも新聞を広げて会話などない。

家族を省みることもなく、仕事に没頭する父を見て、私には父のような生き方はできないし、無理だと感じた。あれでは、結婚も子育てもできない。だから、高校を卒業する時に父に言ったのだ。『佑樹さんがいるから、私は会社を継がなくてもいいんでしょう？』と。父も佑樹さんが後継者だと公言していたし、母もそう認識していたのだ。しかし父は私の言葉に激怒した。『お前は家業を手伝う気がないのか』と……。それからだ、入学が決まっていた大学の学費を出さないと言い出したのは。あの日、十八歳の私は、いきなり絶望の淵に叩き落とされたのだ。そんなことがあって、もう今では、父との関係の修復は不可能になっている。

東京出張は、田中先輩との珍道中になった。

私がショルダーバッグをなくしてパニくっていると、先輩が待合座席に置き去りにされていたバッグを見つけてくれたり、エスカレーターの下りでこけそうになった私を、先輩が背中で受け止めてくれたり……。

「俺を殺す気か？」ってこっぴどく叱られた。あとは、お腹が空いて低血糖で動けなくなった私に、お菓子も買ってくれた。本当にすみません、手がかかる後輩で。

母に借りたスーツケースは丁度いいサイズで、先輩が「このお嬢が、ブランドものかよー」ってバカにするから、「私のじゃありません、母のを借りたんですー」って言い返したら、「だから、お嬢だって言ってんだよ！　まぁ、お嬢でも根性があるから許す」

……って、私は何を許されたのだろう？

研修は四日間の予定だった。新薬について、偉い大学教授の講演を聞く日と、本社の会議室に営業が集められてのお勉強会という二部構成だ。三日目の講習が終了したのは昨日の午後十時だった。そして、今日は午前中に本社の見学があって、移動は昼から。たぶん全員直帰のはず。

勉強会が終了した時点で私はヘトヘトだった。移動の選択モロモロは先輩にお任せして、移動中しっかり眠ろうと目論んでいたのだ。なのに先輩は、「用があるから一人で帰れ」なんて言う。なんて薄情なの？　半泣きで羽田に着いた時点で、営業所に電話をした。電話には営業所長が出たのだけれど、そこで無茶振りをされてしまう。

「立花！　直帰中止して、愛媛に行ってくれ。大学病院の外科部長が新薬のデータやその他モロモロ興味あるから、ＭＲを寄越せって言うんだ。田中は明日休みだから、お前しかいない」

「えっ？　私……ですか？」

「明日は内勤だから融通は利くだろう？　だから、大学病院には立花が行って説明会をしてくれ。頼む！　他に空いている人間がいないんだよ」

ムリムリムリー！　と言いたいところだけど、他の同僚の立ち回り先を考えると、確かに私か田中先輩が適任だ。頼みの先輩は有給休暇をとって東京で遊ぶ気満々だし。

「……わかりました。じゃあ松山に今夜一泊して明日説明に伺います」

「頼む、金曜日は休みをやるから。高松市内の営業だろう？　俺が代りに回るから。な！　航空券の手数料も出張費で精算してくれ」

「え、有給をとって良いんですか？　……やった！」


　高松行きをキャンセルして松山行きの航空券を購入する。少し遅い便で席が取れた。松山市内のビジネスホテルも予約できたのでホッと安心した。それにしてもスーツのスカートがヨレヨレになっているのが気になる。ホテルにプレス機はあるかな？　急きょ決まったとはいっても、新薬のプレ説明会だから、ヨレヨレの服装では格好悪い。それに……。そうだ！　光晟さんにも会えるかも。ゲンキンなものだ、私は急にやる気満々になってきた。

（メールで連絡しようかな？　どうしよう……普段は優しいけれど、仕事中は病院で会っても無視されるかもしれないし……）

　散々悩んだ末に、連絡はしないことにした。私は臆病者なのだ。私には優しい顔だけを見せてほしいと思う。あの再会の時みたいに怖い光晟さんを見たくない。


　翌朝、九時前に大学病院に入った。

　スーツケースをロッカーに押し込んで、外科部長が指定した部屋へ急ぐ。小会議室かぁ……ん？　説明するのは、外科のドクター達数人ではないの？　今更だけど、参加人数を確認していなかったことに気づく。

室内に入ってのけぞった。総勢二十名ほどのドクター達が座っていたのだ。パンフレットは……人数分……ギリある。

外科部長が早速寄ってきた。

「立花ちゃん、東京から直だって？　お疲れ」

アンタのせいで疲れていますけど？

と思ったのは内緒。私は、ニッコリ笑って外科部長に挨拶をした。

「この場を設けて頂いてありがとうございます。実は、もう少し少人数かと思っていたので、参加者の多さに驚いています」

「これでも人数を絞ったんだよ。資料が余分にあったらもらえる？」

「すみません。営業所に戻ってから、すぐにお送りしても良いですか？　何しろ、新薬の研修先で貰った分しか手持ちがないので」

「あっ、そうか。じゃあ送ってもらえると助かる」

「はい」

私は資料を配布してマイクを手に取った。入社して半年しか経っていないのに、どうしてこんな事態になっているんだろう？　少し震える足を踏ん張ってマイクのスイッチを入れた。

「本日は朝早くからお集り頂き、誠にありがとうございます。あいにくお手元のパンフレットと、資料だけでのご説明となり、申し訳ありません。後日に行う説明会には、もっと詳細な資料をお渡ししますので……」

そう前置きをして、頭にしまっていた研修の内容を取り出し、かいつまんで説明を始めた。なにせ、忙しいお方達ゆえ、説明時間は三十分と短いのだ。

それでも説明会にこれだけの人数が集まったわけ……この新薬の期待度が高いということに尽きる。宣伝の甲斐もあったのだろうし、なによりもドクター達に待たれていたということだ。それを肝に銘じて、間違いのないようにと神経を使った。今日だけは、記憶力に優れた父のＤＮＡに感謝をした。

説明はあっという間に終わった。質問が何件かあったけれども、即答できないものもあり、答えは会社に持ち帰ることになった。それはそれで次に繋げられる良い機会になった。資料や、それに添えた名刺を誰も捨てたりしなかったことも嬉しかった。

でも、光晟さんはいなかった。おかげで妙な緊張をしなかったのだけれど、お喋り好きな外科部長の話を聞いて、事故で内臓が破裂した患者のオペをしていたことがわかった。

集まったドクターの中には見慣れない方もチラホラいて、後で外科以外のドクターも参加していたことを知った。

「内科も来ていたよ。何故か学部長もいたな」

（が、学部長！　なんで？）

今になって足が震えてきた。ここ医学部の学部長と言えば、次期学長候補の偉い人。そんな偉い人が、どうして新薬の説明会なんかに来ているのだろう？　隣ではお喋り好きの外科部長がまだ話を続けていた。

「本格的な説明会を楽しみにしているよ。あ、弁当はどこにするのかな？」

きっと部長の関心は、豪華弁当なのだろう。私はクスッと笑って質問に答える。

「部長お勧めの、『レストラン門倉《かどくら》』を予定しています」

営業スマイル全開だ。それを聞いた部長はご機嫌で出て行った。

資料を片付けていると、外科の若手ドクターが近寄ってきた。

「立花さん、お疲れ様。良かったよ説明」

「ありがとうございます。次回の本番にも来て下さいね」

こちらにも営業スマイルを向けると、まさかの夕食に誘われた。何で私に？　と驚いたけれど、「家に帰るので」と、ニッコリお断りして外に出ると後ろを付いてくる。どうしようかと考えあぐねていた。すると、エレベーター近くにいた背の高い壮年の男性が、そのドクターに声をかけた。

「君、第一外科だっけ？　仕事中にナンパ？」

上背と肩幅のある男性は、笑いを含んだ顔で若手に釘を刺す。口角は上がっているのに目は笑っていなくて、私はその男性が一瞬『怖い』と思ってしまった。

「あっ、い、いえっ、失礼します！」

すごい勢いで階段を降りたので、よほどこの男性が苦手なのだろう。それにしても、こんなに貫禄のある医師は見たことがない。外科っぽいけれど……。と私は記憶を辿って男性の素性に思いを巡らせていた。

（誰かに似ている……？）

「あの、助けて頂いてありがとうございました」

そう言って頭を下げて、退散しようと踵《きびす》を反す。その時……。

「伯父貴」

背後から、光晟さんの声がした。

（えっ？『伯父貴』って、今言った？　あの人、光晟さんの伯父さんなの？）

メチャクチャ動揺したけれど、振り向かない方が良い気がして、そのまま廊下を逃げるように進む。早く階段を降りてここから退散しよう。


ロッカーからスーツケースを取り出し、いつものＭＲの待合で腰を掛けて、ホッと一息ついた。

『疲れた。眠い、イヤ、寝る、絶対寝る！』って、宣言したくなるくらい、もうパワーゼロな気分……。説明会で体力と気力を使い切ってしまった。せめて、タクシー乗り場まで歩く体力をチャージしよう。座って缶コーヒーを飲んでいると、足元に影ができた。影の主は見なくてもわかる。凄いな私、シックスセンスが身に着いちゃった。

見上げると、光晟さんが立っていた。

「お疲れ様です」

充電中だから、立ち上がることもできずに、座ったままで挨拶をする。

「お疲れ」

はい、あなたもお疲れでしょう？　今まで、血まみれの人を助けていたんですよね？

そう心の中で問いかけて、ボーッと見上げていた。

「理子、帰るのか？」

「はい。カフェイン入れてから歩こうかと……」

「眠いのか？」

「はい。わかりますか？」

(光晟さん、ダメですよ。病院では優しそうな口調でお話しちゃ。せっかく悪魔と呼ばれて恐れられているのに、オトコのコケンに関わりますよ)

「お前、目がトロンとしている」

「眠いです。夕べも、ホテルであんまり眠れてないし」

「今日は？」

「あ、これからお休みです。明日も……連休もらっちゃいました」

嬉しさのあまり、ちょっとニヘラーっとした。きっと今の私の顔キモかったと思う。

光晟さんは、ポケットから鍵を取り出して「ポン」と私の手に落とした。

「俺んちで寝てれば？」

「……え？」

「俺はこれから当直明けで実家の手伝いに行くんだけど、夕方には帰ってくるから食事に行こう。ひと眠りして待っていろよ」

「え、ええっ⁉　良いんですか？」

「ああ。これからマンションまで送ってやるから」

もはや私は思考停止状態だ。なに？　光晟さん、私なんかに鍵を渡して良いの？　あれよあれよという間に私は光晟さんの車の助手席に乗せられて、彼のマンションに向かっていた。なんだか、気を許してくれるのは嬉しいけれど、これって私にだけ？　それとも、仕事を離れると誰にでもこんなに優しいの？　くだらないことなのだろうけど、いろいろ考えてしまう。絶対光晟さんには聞けないけど。

信号待ちで停車した隙に、私は光晟さんに言った。

「光晟さん」

「うん？」

「何時頃帰ってくるか、電話下さいね」

「めんどくさい」

やっぱり、逐一連絡をしてくれるとか……そういうことは苦手みたいだ。無駄なことはしないって主義なのかもしれない。

「じゃあイイです」

ちょっと不機嫌に言ってみた。

「そ？　じゃあな、オヤスミ」

そう言うと、私をマンションの玄関先に残して、あっさりと行ってしまった。

さっきの『優しそう発言』撤回！　光晟さんはやっぱりイケズだ。

9　予期せぬ出来事

マンションの隣にコンビニがあったので、先にそちらに向かった。飲みものや昼食などいろいろ買おうと思ったのだ。買い物袋を下げスーツケースを転がして豪華なエントランスに入ると、光晟さんに言われた通りにカードキーをかざしてエレベーターホールに入る。キーをかざす際に、住人のネームプレートを見上げているワンピース姿の女性が目に入った。私はその人を見てドキッとした。

（姫野先生？）

ぱっと見だったので、確かではないけれど、小児科の姫野先生によく似ていた。小柄な体に軽くカールしたセミロングの茶髪と大きな瞳……小動物系のゆるふわ美女。大学病院でも一、二を争う美人なので、見誤るはずがない。住んでいる風には感じられなかったので、誰かのお宅に訪れたのだろう。私はそう考えて、光晟さんの部屋に向かった。

一五〇五号、スーツケースをゴロゴロ鳴らせてエレベーターを出る。下を覗くと植栽がおもちゃみたいに見える。ずいぶんと高い……十五階はちょっと怖いかも。

『大澤』って、ちゃんと表札が出ていたので、安心して室内に入った。

「お邪魔しまーす」

誰もいないのに声をかけるあたり、私は小心者だ。でも、小心者にしては、持ち主が留守の間にそのお宅で休ませてもらおうなんて、いくら光晟さんの提案だとは言っても、我ながら図々しいと思う。

「ま、良いか！　くよくよ考えるのは止めにしようっと」

それよりも、光晟さんの部屋で帰りを待つという非日常的な出来事に、ワクワクしていた。ジャケットを脱いでソファーに腰を掛けた。なんだか落ち着かなくて、カーテンを開けてついでに窓も開け空気の入れ替えをする。私の小さなマンションは、玄関を入ったら廊下なしですぐキッチンだけど、光晟さんのマンションは、廊下が長いし広い。リビングも思っていた通り広々としている。

床の色は黒に近い茶系で、壁は仄かに薄いグレー。カーペットはなし。こげ茶の皮のスリーシーターソファーとローテーブル、それと、黒いお掃除ロボが充電中だった。

鍵を渡してくれたんだから、好きに覗いてもいいってことよね？　勝手に解釈して、全部の部屋を見てまわる。

キッチンは、あんまり大きくなくて、使いやすい感じだ。コーヒーメーカーは、デロンギのハイスペックなものが鎮座していた。使用方法が面倒そうで、私にはちょっと使えないかなと思う。

リビングを出て廊下の左側のドアを開けると、図書室みたいに本がいっぱいの書斎があった。そこには、黒いイームズのラウンジチェアーとオットマン。

「わぁ！」

思わず歓声をあげてしまった。イームズだよ、イームズ。

「レプリカかな？　でも、年季が入っているからオリジナルかも。すごい……」

ここで本を読みながら、ゆっくりできたら最高だろうなぁ。皮の椅子は艶々で、長年使い込まれているのがよくわかる。


書斎を出て、向いのドアをそっと開けたら……寝室だった。

実は、他の部屋を見て回って、寝室は黒いシーツのような気がしていたのだけれど……。想像はみごとに裏切られた。ベッドには、真っ白なリネンのシーツ。壁と床、カーテンまでもが、薄いブルーグレー。

「素敵……熟睡できそう」

このベッドで寝ても良いのだろうか？　たしか光晟さんは、『寝てれば？』って、言ってくれたよね？

とりあえず、コンビニで買ったサンドイッチを食べて、スーツケースからスーツをとり出し、ちょっと風にあてたりした。

図々しくも、シャワーを借りて、持参の大きめのTシャツをパジャマ代わりに着たあたりで、疲れがどっと出てきて、瞼があげられなくなる。

「ダメだ、寝よう」

　スマホを持って、寝室へ向かった。実は女性の影が寝室にあったら嫌だな……なんて思っていたのだけれど、そんなものは全然見当たらない。寝具は柔軟剤の微かな匂いだけで、メチャクチャ清潔感に溢れているし、調度品は簡素かつ男っぽい。いかにも『光晟さん』って感じがしてホッとする。ベッドに上がり、ふわふわした羽根布団に包まった。寒いので足をもぞもぞさせている間に、眠りの世界に入っていった。


　スマホの振動で、ゆっくりと眠りの底から上昇する。薄らぼんやりして、画面が見えないので、ボヤーっとしていると、着信が切れた。

　必死に目を凝らして、着信を見る。

（あ、光晟さんだ。電話してくれていたんだ！）

　慌てて電話をした。

「寝ていたのか？」

　前置なしの会話にはもう慣れてしまって、もうそれが光晟さん仕様だと、私は決めてかかっているフシがある。

「はい、いま起きました。そろそろ帰ってきます？」

「うん、二十分後に着く。出かける用意をして待っていろよ」

「あっ、そうか！　ハイ」

急いで顔を洗って、いつもの薄いメイクをした。チークをポンポンとたたいて、グロスを塗る。髪はブラシでとかして終わり。

出張に持参していた、カプリパンツに白いカットソー、それにグレーのジャケットを羽織った。胸元が寂しいけど、まぁ良いか。鏡に映った自分を見て……やっぱり地味だと思う。

初めて光晟さんとお食事した時も、同じパンツをはいて、真珠を身に着けていたっけ。ついこの間のことのような、遠い昔のような、今、こうして続いていることが不思議。夢のよう。真珠はまだ返してもらっていないけれど、今日お願いしようかな。でも、手元に戻っても母になんて言い訳しようか……。

ソファーに座って待っていると、玄関を解錠する音がした。光晟さんだ！

「お帰りなさい」

跳ねるように走って、玄関まで出迎える。

「飼い犬か」

って……そうですか、やっぱり私は犬系ですか？　ちなみに光晟さん、あなたは猫系ですよ。大きい猫ですけどね。などと内心で呟きつつ、嬉しくてしかたがない。

どこに食事に行くのかと尋ねると、簡潔な答えが返される。

「懐石だ」

　タクシーから降りて少し歩くと、苔むした純和風の庭が目の前に現れた。「わぁ！」静かな佇まいに魅了されて、思わず歓声をあげる。その先に小さな竹林が見えて、奥に端正なしつらえの玄関があった。

「連れがいるぞ」

「え？」

「玉井さん」

　二人っきりだと思っていたから意外だった。少し戸惑う私を光晟さんはふりかえる。

「気を使わなくていい相手だから、心配するな」

「は、はいっ」

　木の匂いのする廊下を案内されて、障子を開けると玉井先生が本当にいた。お互いに「こんばんは」とあいさつして、ほり炬燵に腰を掛ける。

　それから……光晟さんと玉井先生の話を、ボヤーっと聞いていた。大人の会話なんだけど、付かず離れずの良い関係が見てとれて、羨ましくなるほど。

「嫁は、いつから復帰？」と光晟さん。

「来月からだよ。義父が、忙しくなる前に孫を連れて来いと煩くて」と玉井先生。

「その狸が、俺の周りを嗅ぎまわっているんだけど」

「彼は、知りたいだけだろう」

何だろ。狸って誰？　狸の娘さんが玉井先生の奥さん？　知りたいけれど、話の腰を折りそうで聞けない。隣でヤキモキしていると、光晟さんが私に視線を移して、ようやく教えてくれた。まずは、狸について。

「理子、今朝病院の廊下で俺に似たオッサンに絡まれただろう？」

「伯父貴って言っていた人ですか？　あの方は絡んでなくて反対に助けてくれたんです」

「マジか？　まぁ何をしても魂胆があるんじゃないかと疑ってしまうけどな。あいつ詮索好きでさ、もしお前に何か仕掛けてきたら、俺に言えよ。ちなみに玉井さんの義理の父親で、学部長だ」

玉井先生は笑っている。

「光晟には、何もできないよ。君の親父さんが黙っていないから」

「えっ……医学部の学部長？　あの方が？」

慄く私を尻目に、会話は続く。

会話を聞きながら、私は食事に専念した。小さなお茶漬けが運ばれる頃にはお腹一杯で、「ふぅー」とため息が出てしまう。

「理子、ちゃんと食べろよ」

「はい、食べています」

玉井先生が、めずらしいモノでも見るように、光晟さんに視線をあてると、光晟さんは煩そうにその視線を跳ね返す。

「玉井さん、何が言いたいんですか？」

「イヤ、君も人間らしくなったな……と」

玉井先生は、私に顔を向けて微笑んだ。

「理子さん、その後、体調管理は頑張っていますか？」

「先生、体重は中々増えませんが、栄養補助食品を常備しています。あと、朝食にプロテインジュースを追加しようかと思っています」

「あぁ、お腹が空かなくなるので、良いかもしれませんね。トレーニングも考えてみてくださいね」

「ウエイトトレーニングですか？」

「ええ。筋肉を付けるものなら何でも。激しくない程度に」

「筋肉をあんまり付けられてもなー」

「光晟、君の体じゃないよ」

「わかってますよ」

これが、デーモン、キレモノと恐れられる、大澤光晟先生の裏の姿？　玉井先生に叱られて拗ねるなんて……まるで子供。

俯いて肩を震わせていると、玉井先生が私に話しかけてきた。

「理子さん、光晟が可愛いなんて今、思っていませんか？　これでも割と計算高い男なんですよ。油断しないで下さいね」

「えっ？　そうなんですか⁉」

私は、光晟さんのことを、優しい正直者だと思っていたので、玉井先生の言葉に本気で驚いた。光晟さんは別に気を悪くした風でもなく笑っている。そんな友好的（？）な雰囲気で食事会は進み……十時には、おひらきとなった。

光晟さんと二人っきりになったタクシーの車内で、玉井先生との仲を聞いてみた。

「玉井先生と、よくお食事するんですか？」

「少なくとも、月に1回は必ず会っているな」

意外だ。

「仲良いんですね」

「昔から知っているし」

「そうなの？」

「ああ」

ああ、で終わったから、それ以上は聞けなかった。

「理子、泊まるんだろ」

「……いいんですか？」

「良いよ。休み中ずっといても良いし」

「そ、そういうわけには……」

ずっといるってことは？　と考えて、私はなぜか変な汗をかいている。

「理子、お前、なに焦ってんの？」

「なな、なんでもないし」

もうイヤ、察しが良すぎる男って。


マンションに着いてすぐ、玄関先で光晟さんは私の両腕をがっちりと摑んだ。靴を脱ぐなりいきなり捕獲って、ありですか？

「さて、期待されていることだし」

「期待していないし！　ま、ま、待って」

「なんだよ？」

「あのね……今日ここに来た時、マンションのロビーで姫野先生を見かけた気がしたんだけど……」

「何で姫野？」

「姫野先生とマンションで会ったことは無いの？　もしくは住んでいるとか？」

「知らない」

不意をつかれた光晟さんは意外にも可愛い。しかし、今はそんなことを言ってられない。

「姫野がいても関係ないだろ？　理子、俺に抱かれるのが嫌なのか？」

身も蓋もない言い方だ。でも分かりやすい言葉は嫌いじゃない。私は顔を真っ赤にして首を振った。

「嫌じゃないけど……シャワーとか」

「後」

「え、そんな、待っ……」

とりあえず待ってほしいと言いたかったのだけれど、光晟さんは私の腕を引っ張って寝室のドアを開ける。

「こ、光晟さんっ！」

「待たない」

すばやい動きに対応できなくて、気が付いたら寝室のベッドに仰向けにされていた。

「光晟さんったら！」

「食事の間もお前を抱きたくて仕方なかったんだよ。理子、な、良いだろ？」

カットソーは手早く脱がされて、ブラも簡単に外されてしまう。広島では酔っていたから気がつかなかったけれど、この人ってすごく器用なんだ。

大きな手が胸を包んで捏ねまわす。それだけで体がビクビクッと反応してしまう。指の間に先端が挟まれて、強い刺激に声が漏れそうになった。

「んっ……！」

好き勝手に触っているようで、実はこちらの反応を確かめながら、用心深く手を這わせているのがわかる。今だって、羞恥で頬を染める私を楽しそうに見つめているし。

先端がチロリと舐められてまた体が跳ねる。いちいち反応する自分が恥ずかしい。光晟さんが上目遣いで私を見ている。一瞬目が合ったけれど、すぐに私は目を合わせていられなくなった。胸の先端が食まれて、熱い粘膜に包まれたからだ。

「……んっ……ううンッ――！」

音を立てて吸われ、体がくねる。もっと強く吸ってほしくて、私は光晟さんの頭を両腕で抱えた。

「あ……ん、あ、こうせ……ん、もっと……」

髪の毛に指を絡ませてクシャクシャにしたくなる。体がジンジンと期待で震え、足の付け根の奥の方から甘い期待が湧き上がってきた。腰を悩ましげにくねらせると、光晟さんがくぐもった声で笑う。

今すぐにでも入ってきてほしいなんて、私はどこまでもはしたない女なんだろう。

「こ……うせい……さ、ね……来て……」

「理子、欲しいのか？　ゲンキンなヤツ」

私は目を閉じたまま小さく頷いてしまった。

光晟さんの手で、パンツのジッパーが外される。私は脱がせやすいように腰を上げた。

ショーツに手がかけられた時にも、同じように腰を上げたら、クスッと笑われた。

「協力的だな」

呆れている声じゃなくて、少し嬉しそうに聞こえる。それだけで私の胸は弾んでしまう。少し骨ばった指が恥丘を撫でると、すでに溢れている蜜で花弁はぬめり、簡単に長い指を迎え入れていた。光晟さんの指が動くたびに、クチュクチュと水音が耳に届く。

「あっ……や……、はずかし……っ」

深く押し込まれた指が中の壁を擦ると、その刺激で腰が跳ねる。すごく感じる所を擦られて思わず大きな声が出た。

「ぁンッ……！」

「理子、ここが良いのか？」

そう言って指を深く押し込んで中を探られる。宝探しをするみたいに、私が一番気持ち良くなる場所を探している。指は大胆に中を擦り、抜き差しを繰り返す。

「あぁっ……あ、やぁっ……や、あぁぁーっ」

愛液が溢れる度に、水音が寝室に響いて私の耳を犯した。その音を聞いているうちに、もっといやらしいことをしてほしくなる。『いやっ』と口に出して首を振るのだけれど、光晟さんの指が嫌なのではなくて、感じすぎることが怖いだけ……。

抽挿を繰り返されて何度も達した後、光晟さんは指を抜くと、避妊具を着けて覆いかぶさってきた。

「大丈夫か？」

ほらね、光晟さんは優しい。問いかける光晟さんに私は両手を伸ばして首に縋りついた。

「光晟さん、来て……」

とば口に押し付けられた屹立が、ゆっくりと私の中に入ってゆく。全てが収まって、光晟さんが息を吐いた。入り始めた時から、私はひどく感じてしまって、自然と声が漏れてしまう。

「ぁあ……っ」

「動くぞ」

「え……ちょっ、ま……、あぁッ……！」

いきなり腰を引かれた後、内壁を小刻みに突き上げられて、最初はさざ波のようだった快感がいつしか大きな波となって私を呑み込んでいく。

「あっ……あぁんッ……ッあ、あぁぁー！」

「理子っ！」

自分の中がキュンキュンと剛直を締め付けているのがわかった。嚙みつかれるようなキスを落とされて、息を奪われる。光晟さんの腰の動きが早くなってきて、私は振り落とされないように、必死に腕にしがみ付いた。そうしないと体がバラバラになりそうだったから。抽挿を繰り返していると、いきなり最奥を突かれ、目の奥で星が光ったような気がした。繫がっている場所から、背骨を通って脳天にまで、ゾクゾクゾクッと強い快感が走りぬけた。

「はぁっ……あぁ……っ、あ、やぁっ！」

「……くっ……イク……」

光晟さんが首を仰け反らせて目を閉じた。

仕事中は全方向に神経を張りつめているこの人が、今この一瞬だけは無防備になって私にすべてをさらけ出している……。

（あ……この顔が好き）

力尽きて私の上にドサリと重い体を投げ出した。どうしてだか、とても愛おしいような気持ちになって、私は光晟さんの体をギューッと抱きしめた。

光晟さんの体はとても重くて熱い。だけど、我慢できない重さや熱じゃない。でも、私の微かな身動ぎに気が付いて、すぐに体を起こすと隣に体を横たえた。離れた熱が恋しくて、私は光晟さんの腕にすり寄った。すると、左腕を私の首の後ろに伸ばして引き寄せてくれる。

こんなことが嬉しいだなんて、とても口に出しては言えない。でも、腕枕を無意識にしてくれると、愛されているような錯覚をおぼえてしまう。

髪を撫でる指が優しい。なんだかすごく心地よくて、私はいつの間にか寝入っていた。

「……ん」

心地よい夢を見ていたような気がする。瞼を開くと、目の前に人の顔みたいなものがある。……焦点を合わせて凝視すると、光晟さんが私をジッと見つめていた。

「ひっ……」

思わず声が漏れる。

「ひ？　それ悲鳴か？　いくらなんでも酷い反応だな」

「ちっ……ちょっと寝ぼけて驚いただけで……悲鳴なんかじゃ……」

「そうか？　じゃあ許してやるよ」

(行為の最中はものすごく優しいのに、このツッコミ体質どうにかならないかしら？)

内心でぼやいていて、ふと気が付いた。まだ腕枕をしてもらっていることに……。

「ごっ、ごめんなさい。頭重かったでしょ？　腕、痺れてない？」

慌てて身体をずらすと、「あ？　ああ」と、まるで気にしていない風だ。

「理子の寝顔を見ていたから、重いのに気が付かなかったよ」

「え？」

そ、そんなに見飽きない顔なのかしら？　喜んでいいのか、微妙だ。私がそのまんまの微妙な顔つきをしていたからなのか、光晟さんが笑いながら言う。

「いや、見飽きないのは確かだけど、お前の寝言面白いな」

「寝言なんか言わないです……よ」

「言ったぞ。『フガフガ』って」

それは寝言じゃないと思うし、人間の言葉でもないと思う。しいて言えば豚の鳴き声とか……。

「しらない！」

恥ずかしくなって背を向けると、腕が伸びて来て乳房を包まれる。そのまま、やわやわと弄られて声が漏れてしまう。

「んっ……」

後ろから耳朶を食まれて、肩をすくませると首筋をチロチロと舌が這う。

「はぁ……っ、やぁ」

「……嫌なのか？」

少しだけ強く拒絶したら、胸を摑んだままで背後から凄まれる。オラオラ光晟さん降臨だ。でも仕事中じゃないから、ちっとも怖くないし。

「ん……嫌じゃなくて……なんだか……会うとすぐにコレばっかりで」

「嫌じゃないなら良い」

そう言いながら、また耳朶を嚙む。

「んっ、いやじゃな……い……けど」

「なら良いじゃないか」

「はっ、話とか……」

光晟さんはふっと顔を上げる。私の言葉が意外だったみたいだ。

「話？　また姫野か？」

「ちがっ……」

そう言いながら、体を起こした。でもすぐに目の前の裸体を直視できなくて、私は目をそらせた。

「お前さ、俺とあんだけヤッといて、何で恥ずかしいかな?」

私のアゴを持ち上げて、

「ほら」

舐めるようなキスを始める。

「ん、んんん……」

優しいキスかと思ったら、強く吸って、舌を深く挿してくる。私の手は、光晟さんの胸から背中へ移動して、それから無意識に下に降りていた。少し前に交わって達したばかりなのに、また私は光晟さんが欲しくなっている。キスに夢中になっている間に、光晟さんの局部に手が当たった。固くそびえ立っているのがわかって、嬉しくなる。

「理子、欲しいの?」

顔が熱い。それでも小さくうなずくと、光晟さんはシーツを剝ぎ取った。今までは光晟さんが裸になっても行為の最中だったから、恥かしさが薄れていた。でも、今は私に見せつけるみたいに裸体をさらけ出している。

何回もしているのに、改めて見る光晟さんの全裸は、細マッチョという言葉がピッタリの強靭で美しい体だった。

「理子、目を逸らすなよ」

光晟さんの体が大人すぎて、男の人すぎて、ドキドキする……下の方にまで視線を落とすと、少し盛り上がった線のような傷痕を発見した。

（これ……？）

「どうした？」

ベッドに裸で正座したままの私は、光晟さんの下腹部に、ツ……と人差し指を添わせた。

「これ……なんの傷？」

「ん？　あぁこれか。ナイフで刺されて、縫った傷痕だ」

「えっ、ナイフ？　いつ頃……の？」

「これは高校生だな」

「こ、高校生？　誰に？」

もしかして女の人？　イヤーーッ。というか、高校生がナイフで刺されるなんて、物騒すぎるんですけど！　また変なことを想像して、私は口をぱくぱくとさせてしまう。

「……お前、妄想が膨らんでいないか？」

光晟さんは頭を掻いて、しかたねーな。って顔をした。

「従姉と一番町で飲んでいて、男に絡まれたんだ。で、刺された」

「飲んで？　でも高校生！」

「大人に見えていたからな。従姉と俺、よくつるんで飲み歩いていた。そこで玉井さんに会ったんだ。刺された後で、彼に助けられたんだよ」

たた、玉井先生って、何者？　……ってか、光晟さんって……高校生で飲み歩くってどういうこと？　意味不明な説明に私は固まってしまった。

「なー理子、もう話は良いだろ？」

フリーズした隙をつかれて、私はまた光晟さんに食まれてしまったのだった。


結局、自分のマンションには、日曜の午後に帰ってきた。ようやく受け取った真珠のネックレスは、光晟さんの清潔なハンカチに包まれてホテルの封筒に入っていた。どうして私の手元に渡らなかったのかは、今となってはもうわからないけれど、こうして戻ってきたのだから良しとしよう。

それにしても濃い週末だった。プチ同棲みたいに、光晟さんのマンションに入り浸って、食事に出かける以外は部屋に籠っていた。私はすっかり飼い馴らされて、光晟さん以外の誰かに触れられる事なんて、もう絶対に受け入れられないだろう。

それでもいつか、『お前要らない』って、手放されるんだろうか？

そうなったら立ち直れないかもしれない……。

私のほうは勝手に盛り上がっているけれど、光晟さんからは、普段は電話もメールもなし。『めんどくさい』から。だから私も、遠慮をして電話はできない。でも良いんだ。会っている時には、全力で私に集中してくれるから。

そうやって、私は油断していた……。

秋の気配を感じて、ジャケットなしでは寒くて凍える日が多くなる頃、田中先輩と私は新薬の説明会を開く忙しい日々を送っていた。

今回、愛媛の大学病院での正式な説明会では、総勢五十名が集まる予定なので準備が大変だ。先輩と私は朝からてんてこ舞いだった。

外科部長ご推薦の『レストラン門倉』から特製松花堂弁当を配達してもらい、ペットボトルのお茶も用意した。

試供品のセットは多めに用意して会議室の椅子の上に置き、各外来や病棟師長にも配布することになっている。今日の私の戦闘服は、夏のバーゲンで買った、オールシーズンイケる大人ブランドの紺色スーツ、膝丈タイトスカート。下に七分袖の質の良いニットを合わせていた。

土曜の午後一時、ぞろぞろと集まってくる白衣の集団の中には光晟さんもいて、例の迫力満点の伯父さんも目に入った。

田中先輩が話を進めるので、私はパワーポイントを操作する役目だ。先輩は慣れたもので、サクサク説明をこなしていく。

十分の休憩後、説明会が再開された。気が付くと、光晟さんの隣に、姫野ドクターが座っていた。

あれっ、小児科って新薬には関係ないんだけど、やっぱり来たのね。などと思いつつ仕事をする。

ミスってはいけないので、光晟さんの方はあまり見ないことにした。それでも、存在感があるから、つい目が行っちゃう……。

(うっ……やっぱり素敵だ)

説明会が終わって、特製松花堂弁当とお茶のボトルを出口で渡すのは私の役目。以前声を掛けてくれた若手のドクターと他数名が手伝ってくれる。

ふと廊下の先を見ると、光晟さんと姫野先生が、弁当を手に連れだって歩いていた。マンションで姫野先生を見かけたことを光晟さんに話した時、興味がなさそうだったから私が気にする必要はないのだけれど、何となくモヤモヤする。

人気の消えた廊下で暫く立ち尽くしていた私は、近づいてきた重たい足音にハッとして振り返った。光晟さんの伯父さんである学部長が立っていた。


「君、立花貴志《たかし》氏の一人娘だって?」

「はい。父をご存じですか?」

「以前、香川県財界人のパーティーでお会いした。彼の娘がこんな所でお仕事ごっこをしているとはね」

「……」

「親不孝も程々にしないと、親父さんが悲しむよ。光晟もご存知の通り、医者と結婚して家を継ぐ立場だから、君が離れてくれると好都合なんだが」

「えっ……」

光晟さんが向った先を指差して言う。おまけに私の素性を調べ上げている。背筋に冷たいものが走って、一瞬だけどパニックに陥りそうになった……ふと、私の目に、廊下の向こうで作業をしている田中先輩の姿が飛び込んできた。

そう、私は仕事中だったんだ！　こんなことで、大事な新薬説明会を台無しにしては大変だ。私は、学部長にニッコリと微笑んだ。

「学部長、お弁当は受け取られましたか？　いまお持ちしますね」

そう言って、「せんぱーい！　お弁当お願いします」と、声を張り上げる。

先輩は、すぐに来てくれて、学部長にお弁当を渡し私の隣に立った。

二人で頭を下げ、今回の説明会のお礼を言う。学部長も、それ以上何も言わずに立ち去っていった。


弱り目に祟り目って、こういうことかな？

学部長の毒にヤラレて疲れきった私の耳に、またも嫌な噂が入ってきた。今回の説明会のため、特別に残業してくれていた受付の人にお弁当を持って行ったら、彼女たちが光晟さんと姫野先生の噂をしていた。

「姫野先生は、大澤先生と飲みに行ってお持ち帰りされたとかって……」

「えーっ私が聞いたのは、二人は医学部時代に交際していたって」

「キャーッ、何それ？」

これだけ盛り上がっている室内に、入る勇気がありますか？　私にはない。もっと聞きたいような怖いような……結局、お弁当を渡せないまま逃げ帰り、受付に取りに来てもらうように電話をした。


帰りの車内では、暗い雰囲気の私を先輩が心配する。

「立花、お前、もしかして学部長に絡まれたのか？」

「大丈夫です。仕事には関わりがないことなので」

「そうか？　何かあったら、相談に乗るぞ。他言無用ってヤツでな」

「先輩、ありがとう」

今は頭の整理が追いつかないいし、話せる内容でもないから相談は無理だ。

先輩がマンションまで送ってくれて、部屋でボヤーっとしていたら、母から突然電話が入った。

「お母さん、どうしたの？」

「理子、落ち着いて聞いてね、お父さんが事故に遭って、向井病院に運ばれたのよ。今から来てくれる？」

「えっ、うそ……っ」

「命に別状はないから安心して！　救急棟にいるんだけど、自分の車で来ないでね、お父さんが心配するから……タクシーで来るのよ」

まだスーツ姿だったけど、そのまま病院へ急いだ。救急棟に行くと、母と佑樹さんがいた。

「お母さん、お父さんは？」

「理子っ！　今、手術しているのよ。足の複雑骨折だって」

見ると、佑樹さんも怪我をしている。

「佑樹さんまで！　大丈夫？」

「僕がもっと気を付けていれば……申し訳ない」

「さっきまで警察も来ていたんだけど、交差点で直進していたら、信号無視の車に突っ込まれたのよ」

「あんな大きな車に乗っていても、こんな事故になっちゃうの？」

「そう。頑丈だからこれくらいで済んだんだけど、お父さん右足を挟まれて……ふんぞり返っているみたいで嫌だって、後部座席に乗らない人だから」

今日は厄日なのかなぁ？　色々なことが重なって、私は思考停止に陥りそうだ。

10　実家へ

手術は無事に終わり、今夜は母が付き添うことになった。

「理子、明日は会社を休んでウチの仕事を手伝ってもらえないかしら？　お父さんの名代で出席してほしい会があるの。佑樹さんは当日出張で、出席は無理なのよ」

非常時だから仕方がない。

「はい……お母さんもムリしないでね」

「ありがとう。ごめんね理子」

いったん自分のマンションに戻り、荷物を持って実家に帰った。田中先輩にも電話をして、有給休暇をとることになった。

明日は、県主催の異業種交流会だそうで、父は壇上で挨拶をする役目だったらしい。原稿はできているから、佑樹さんが手直しをして私が代役を務めることになった。なんだか、大きな流れが近づいて来て、否応なしに私はそれに巻き込まれそう……。そんな、いやな予感しかしない。

しばらくは光晟さんともゆっくり会えないだろうから、メールをしなくては。

ふと、大学病院の廊下での場面がフラッシュバックされて、ガクンと気分が沈む。学部長の言葉は、嘘だと思いたい。でも、姫野ドクターと光晟さんはやけに親し気に見えた。

なんだか、気持ちが揺れてしまって落ち着かない。今までずっと遠慮をしていたのだけれど、海外に住む朋美に聞いてほしくてメッセージを送った。すぐに返事は来ないだろうけど、文字だけでも良いから、たわいのない会話がしたかったのだ。

『年上のお医者さんと付き合っているっぽいんだけど』

送った後で、バカみたいな文章だなと反省する。

『その人のおじさんに、離れてくれると好都合って言われちゃった』

『ツライ。どうしたらいい？』

これでは意味不明かもしれない。やっぱりスカイプで話すべきかな？　頭をかかえていたら、ピコンと返事が来た。

『例の彼？　続いてたんだ』

『おっさん無視！　彼氏に聞くべし』

『理子、勇気だせ！』

フレーフレーのスタンプも送られてきた。

今の時間に起きているのが凄いけれど、すぐに返事をくれたのが嬉しかった。

『ありがとう。がんばる』

そう送ってスマホを置く。これだけで元気が出てくるなんて我ながらゲンキンだけれど、今度光晟さんに会ったら、学部長の言葉の真為を直接聞こうと決心した。

翌朝……。

「そのスーツでは、堅すぎるね」

ホテルでの会合用に選んだ私の仕事用スーツは、即座に佑樹さんに却下された。母のクロゼットを物色して、ようやく細身のスーツを見つけ出す。

ハイブランドの37サイズの黒っぽいジャケットと、伸びる素材のノースリーブのブラックドレス。黒なので地味なのかと思いきや、着てみると意外にもエレガントに見える。アクセサリーは、無難に真珠のチョーカーにした。これも母のものだ。

朝食は、住み込みの家政婦さんが作ってくれた和食を佑樹さんと頂く。大学卒業後はマンション住まいをしていた佑樹さんだけれど、私が就職して家を出てからは、できるだけここで両親と共に食事をしていたのだと聞かされた。

「理子ちゃんがいないと火が消えたようで、二人共寂しそうだったからね」

「そんな……本当に？」

自宅マンションから、食事の為だけに朝夕通ってくれていたなんて、申し訳なくて頭が下がる。私より佑樹さんのほうがよっぽど二人の子供みたいだ。父もこんな息子が欲しかったんだろうな……と思うと、なんだかやりきれない気持ちになる。

親不孝な娘でごめんなさい。私は心の中で詫びる。

しばらくすると、秘書室のスタッフがやって来たので、私達は出発することにした。

「さぁ、行こうか」

場所は、海岸沿いに建設された新しいホテル。以前、光晟さんがお寿司やパンを買ってくれたホテルだ。

東京に出張する佑樹さんを駅に送る道中、車内でスピーチの練習をした。

「うへぇ、緊張するー」

私が弱音を吐くと、佑樹さんが少し笑う。

その笑顔に若さを見て、ふと佑樹さんの年齢を思った。そうかこの人はまだ二十代だったんだよね。いつも冷静沈着で無表情だから、ずっと年上に見えるけど、光晟さんよりも若いんだ。

(あ、光晟さんにメール入れないと！)

スマホをタップしていると、佑樹さんがチラッとこちらを見た。

「彼氏？」

「えっ⁉」

いきなり言われたので、動揺して返事ができない。

(わたしって、やっぱりわかりやすいのかな？)

ちょっと赤面して俯いた私を見て、佑樹さんが「ふふ」と笑う。

『父が骨折で入院したので、家の手伝いをしています。忙しくなるので、仕事以外では会えないかも』

できるだけ内容を短縮したメールにした。でもきっと返事は来ない、いつもそうだから。電話もしてこないし、でもなぜか私のことは何もかもわかっていて、涼しい顔をしている……不思議な光晟さん。

（もしかして、父のことも知っていたりして……そうだったら怖さのあまり慄いちゃうわ）

そんな妄想を繰り広げているうちに駅が見えてきた。佑樹さんは車から降りると、私に『頑張ってね』と短く言い、さっさと行ってしまった。思わず、行かないで！　と手を伸ばしそうになったけれど、社員の手前、ぐっと我慢をした。

今日私に付いてくれる秘書さんは、主に事務的な仕事をしている女性だ。私よりもずっと年上で、長年父に仕えてくれている人なので、頼りになると聞いている。

ホテルの会場には、たくさんの人がひしめいていた。最初に挨拶をすることになっていたので、緊張する暇もなく慌てて壇上にあがった。原稿を手になんとか挨拶を終えて談笑に加わる。

『立花の跡取り娘』と言われ、いちいち否定するのもバカらしくなって、私はニッコリ笑って対応していた。

どこかの会社の社長夫人が、私に父の容態を尋ね、佑樹さんは来ないのかと問う。今日は出張だと言うと、いきなり『お二人は結婚されるの？』と聞かれギョッとした。

「あっ、あの……いたしません」と、手をブンブンと振ったのに、

「また～照れなくて良いのよ」と含み笑いをされる。地元の商工会ではそんな噂が流れているのだろうか？

会場で、頭一つ抜きん出て身長の高い人がいて、一瞬、光晟さんがいる！　と思ったのだけれど、人違いだった。こんなところにいるわけがないのに。

秘書さんに後ろからアドバイスをもらいながら、関係のある方々に挨拶を終えて、少しオードブルをつまんでいた時、後ろから声を掛けられた。

「立花さん」

深くて、艶のある男性の声に、私は振り向いた。

「あ」

心臓がドクンとした。だって、また光晟さんだと思ったから……でも、光晟さんではなくて、彼よりもっと落ち着いた年上の男性、向井病院の院長だった。

お話をするのは初めてだったので、一瞬自分がどういう立場で話せばいいのか判断がつかなくて、言葉に詰まってしまう。

「お父様は、当院に入院されているとお聞きしましたが……大変ですね」

「お気遣いありがとうございます、お世話になっております」

向井院長は、少し笑って、

「他にも、いろいろと大変でしょうが」

ホカニモイロイロトタイヘン。

私の、今の状態にぴったりのお言葉……院長先生、貴方は千里眼をお持ち？

「玉井先生から聞いていますよ。私の従兄とお付き合いされていると」

「あ、あの……」

何か気の利いたことを言わなければいけないのに、何も言えずに向井院長を見上げる。

そこに、秘書がやってきた。

「理子さん、すみませんこちらに」

私は院長に挨拶をしてその場を離れた。

しばらく、商工会や省庁の関係者と談笑して帰宅。帰宅後に、着替えてすぐ父の見舞いへ向かった。母が着替えを取りに帰るので交代するためだ。父がまだ寝ていたので、廊下で田中先輩に電話をすることにした。

「おぅ、どうした？」

「先輩、なにかとバタバタしているので、明日もお休みを頂きたいのですが」

「そうか、お前大変だな……。所長には言っておくから、ネットで有給休暇の届けを出しておけよ」

「はい。すみません」

電話を終えて病室に戻ると、父が目を覚ましていた。

「理子、来ていたのか」

私は、いつもの癖で、身構えながら頷いた。

「今日、挨拶に行ってくれたんだって？」

「はい。皆さんが、お父さんに宜しくと仰っていました」

「お前の仕事に差し支えるかもしれないが……」

「？」

「私が入院中、家に戻って、お母さんの手助けをしてくれないか……頼む」

「……」

「申し訳ない」

家に戻れ、俺に従えと、今まで通りに言われれば、反発もできた。こんなに弱った父に、懇願されるとは思ってもいなかった。

「わかりました。退院するまで」

私は、結局父を受け入れてしまった。

翌朝、恒例となった佑樹さんとの朝食を終えて病院へ向かう。夜間の付き添いはもういらなくなったので、昼間だけ付き添い婦を雇って、母が会社に顔を出すことになった。

暫くは、母と佑樹さんが父の代わりをしていかなくてはいけない。

「お母さん大丈夫？」

「仕方ないわ。でも……佑樹君とお前がいてくれて、本当に良かった」

本当だ。佑樹さんがいなかったら、私たちは一体どうなっていたのだろう？


父が入院して一ヵ月経ったが、まだ退院はできない。実は、糖尿病や高血圧などの病気を放置していたのだ。今回の入院を機に、その治療を始めることになった。退院をしても、以前のように仕事をするのは難しいかもしれないと主治医から聞かされて、私たちは愕然とする。父が病気を甘く見たために、大きなツケを払わされることになってしまった。

私の営業先は、高松市内の病院に限定してもらい、田中先輩が愛媛の取引先を受け持ってくれている。

おかげで私は、仕事が終わったら父の会社に行って母を手伝ったり、病院で父の世話をすることができたのだけれど、光晟さんに全く会えなくなってしまった。

なんて言えばいいのだろう。寂しい、心細い、気持ちが沈む……。今の私の気持ちを言葉にするとこんな感じだ。光晟さんは、メールをしない人なので、こちらから電話をすれば良いのだろうけど、忙しい人にそうそう電話もできない。それに、彼女というわけでもないのに、図々しい気がする。考えてみれば私たちの関係は、全て光晟さんからのアクションありきだったのだ。

私はいつも受け身で、ずっと待っているだけ。こんなんで良いはずがない。今日こそ家に帰ったら光晟さんに電話をしよう！　私はそう決意した。

今日は、久しぶりに玉井先生の診察を受ける日だ。午後から有給をもらって、向井総合病院の漢方外来に向かった。

「体重は増えましたね」

「はい。父の入院のせいでバタバタしているのですが、今は実家に戻って三食きちんと食べているおかげで、体重が増えました」

「そうですか。そのほかは、大丈夫ですか？」

「……はい」

「では、このまま体重を維持してくださいね。薬も四週間分出しておきますから」

「はい、ありがとうございました。」

言葉にせずとも、玉井先生が私の状況を気にかけてくれていることは何となく伝わった。感謝をしつつ、あえて私も余計なことは口にしなかった。

診察を終えて、父の病室に立ち寄ってみると、痛み止めが効いているのかぐっすりと眠っている。椅子にかけて、しばらく父の寝顔を眺めてから愛車の待つ駐車場に向かう。

ドアに手を掛けたその時、スマホが振動して、私はなにも考えずに電話に出た。

「はい」

「理子、まだそのオンボロ車に乗っているのか？」

「光晟さん？　え？　な、なに？　いきなり本題に入るからわけがわからないですよ。というか、何処にいるの？」

「西の方向。右を見て」

言われる通りに、西に目を向けると、私の車の五台先に見たことのあるＳＵＶが停まっていた。

静かにウインドウが下がる。

「理子、おいで」

光晟さんが呼んでいる。一ヵ月ぶりの光晟さんだ！　飛び上がるほどの嬉しさで、言葉も出せない。おまけに涙もダーッと溢れてきた。早く駆け寄りたいのに、足がスローモーションのように遅く感じる。やっと車にたどり着いて、ドアを開けた。

「時間あるか？」

私は、ただ頷くのみだ。

「どれくらい？」

「一時間……二時間くらい？」

「そんなんじゃ、足りない」

そう言うと、タイヤを軋らせて発車した。

……やがて、海が見えはじめた。車は先月交流会が行われたあのホテルに入っていく。

「理子、エレベーターの前で待っていろ」

言われるまま待っていると、すぐ光晟さんがやって来て、私達は慌ただしくエレベーターに乗り込んだ。

高層階の部屋に入ると、ベッドの上に旅行カバンとコートが無造作に置かれていた。

「明日、向井病院で手術なんだ、今日の午後に高松に入った」

あぁ、ここが光晟さんの定宿なのね。

光晟さんは、バッグとコートを椅子に放り投げると、ジャケットを脱いで、また椅子に放り投げた。

投げられた服をクロゼットにしまった方がいいのだろうか？　そこまですると不快に思われる？　などと変な心配をしながら私は突っ立っていた。光晟さんがこちらに視線を向けて声を掛けてくる。

「理子、服脱いで」

「あ……」

立ちすくむ私に光晟さんは、ボタンを外しかけのシャツ姿で近づく。

「脱がないのか？　着たままでも良いけど、服がシワになるぞ」

肩からジャケットをスルリと落とされ、スカートのジッパーに手が掛かる。私の服を脱がせている間もずっとクソ真面目な表情をしている。薄手のセーターに手を掛けられた時に、長袖の肌着を着ていたことに気が付いてハッとする。

「こ、光晟さんっ！」

思わず大きな声を出したら、目をぱちくりされた。あ、こんな顔するんだ……。なんて一瞬思ったけれど、私はそれどころではない。

「なんだ、いきなり驚かすなよ。何があった？」

「自分で脱ぎます。あのっ、後ろ向いて」

「……」

一瞬間があいて、光晟さんはくるりと後ろを向いてくれた。何となく察してくれたのだろうか？　ともあれ、素直に従ってくれたのでありがたかった。

焦ってセーターと肌着を一緒に脱いで床に落ちた衣類を拾ってソファーに掛けた。立ったまま体を折り曲げてショートブーツを脱ごうとすると、光晟さんが振り向いた。

「半裸にブーツか……エロいな」

「えっ⁉」

ブーツに手を掛けてお尻を向けた状態で、私は光晟さんを下から見上げていた。その姿は、女の私が見ても煽情的だったのかもしれない。

「理子、そのまま……」

「こ、こうせ……」

ストッキングの上から、いきなりお尻を優しく撫でられてしまった。ビックリして上体を起こすと、後ろからギュッと抱きしめられる。暖かい体に背中を包まれたまま、髪の毛を横に流されて首すじに歯がたてられた。

「ひっ……、あ、やぁっ……ひぁ……」

立ったまま、首を嚙まれながら蜜を滴らせる姿を晒すなんて、考えたこともなかったのに、私はそれを悦んでいる。自分がこんなことができる女だったなんて、知らなかった……。前へ伸びた手は、蜜をたたえた場所を撫でさする。優しい動きなのに、ひどく感じてしまうのはなぜ？

「はぁっ……あんっ…、あぁ……」

腰が自然と揺れると、ピッタリ重なった光晟さんが一瞬ピクッと震えた。私に覆いかぶさった光晟さんの剛直が丁度私のお尻に当っていたみたいだ。

「理子、煽るな。俺が持たない」

「や、だって、気持ちいい……のぉ」

ブラを上にずらされているせいで敏感になった胸の先端を包まれて、私は鼻にかかった声を上げる。気持ち良すぎて自然と腰が動く。すると、お仕置きみたいに胸の敏感な先を強く摘まれた。

「あぁっ！」

快感が、下腹部に直結して、立っていられない。

「光晟さん、やぁ……」

「や、じゃないだろ」

光晟さんの手が私の腰を摑んだ。くるんと回されてキス。食べられてしまうかと恐怖を感じるほど強く吸われて、舌も持っていかれそうになる。

「んっ……んんんっ……」

一旦唇が離されて、私はとろんとした目で光晟さんを見上げる。

「理子」

また唇が降りてきて、食まれる。頸や顎を噛まれ、頸動脈のあたりに、また歯がたてられた。強く吸われて背中に強烈な快感が走った。

「ひぃッ」

少し伸びたヒゲと舌に弄ばれて、私の肌は赤く染まっていく。その間も無骨な指は私の繁みをストッキングの上から撫でさする。蜜は溢れているのに、ナイロンの糸に阻まれて、中に入ってくれないのが生殺しみたいでつらい。だから、とうとう言ってしまった。

「光晟さん……ね、中、触って。入れてほしいの……」

ベッドに腰かけた私の足元で、光晟さんは焦らすようにブーツのジッパーをゆっくりと降ろしている。ブーツから解放された足を、ふくらはぎの下から撫で上げられて、体がゾクっと震えた。

両膝を温かい手で包まれ、顔を上げると光晟さんと目が合った。

自然に顔が近づいて唇が重なる。唇に促されるまま口を開くと、するりと舌が入りこむ。絡みつく舌に夢中で応えているだけで、酸欠でもないのに頭がボーッとしてくる。気持ちよすぎて脳ミソが溶けそうだ。

キスに夢中になっている間に、ストッキングと下着は一気に脱がされていた。

「ストッキング姿は妙にそそるが、また今度。理子、挿れるぞ」

「え？　あっ……あぁっ！」

すっかり私の中は準備できていたけれど、いきなり大容量のモノが入ってきたから、衝撃で大きな声を出してしまった。恥ずかしくて口を手で覆うと、光晟さんがククッと笑う。

「遠慮せずに、声出せば良いのに……。理子、動くぞ」

言うやいなや小刻みに中を突かれて、また声が漏れる。宙に浮いた膝から下がゆらゆらと揺れて光晟さんの背中に着地した。ジュクジュクジュク……私の中と薄い膜が擦れる音が静かな部屋に響く。レースのカーテンだけを閉めた部屋は、うすら明るくて、真っ昼間からこんな行為に没頭している自分が恥ずかしい。

「はぁっ、はあっ……、や、はずかし……い、あぁっ……」

「理子、恥ずかしがる余裕があるのか？　俺にはない」

腰を大きく引いた光晟さんに奥まで突かれて首が仰け反る。何度も突かれて、頭が柔らかいヘッドボードに押し付けられた。奥を突かれて引かれるたびに、私の中が剛直を離すまいとしがみ付くのがわかる。全身が発熱したみたいに熱いのは、光晟さんの体温のせいだけじゃなくて、私が興奮しているせいだ。普段体温が低いから余計に熱く感じてしまう。

いきなり腰を引き寄せられてヘッドボードからの圧迫は消えたけれど、繋がったままで体を半回転させられ、うつ伏せになる。

「あ、や、光晟さ……ん？」

「理子、膝突いて」

「え？」

のろのろと膝を突くと、剛直が引き抜かれ、お尻の肉をガブリと嚙まれた。

「ひ！」

驚いて振り向くと、光晟さんが笑っていた。歯をむき出して……。爽やかな笑顔じゃなくて、『これから好きなだけ貪ってやるぞ』みたいな、肉食獣の笑い。

私の足元から背骨を伝って、妙な震えが走った。

（私、食べられるの⁉）

もう片方のお尻も嚙みつかれた。舌がお尻から背骨を伝って肩甲骨まで舐め上げる。肩甲骨の辺りも嚙まれて喘いでいると、光晟さんの屹立がまたずぶずぶと入ってきた。

「あああっ！」

押し広げられる感覚が普段よりもずっと強くて、膝をついていられなくなりそうだ。最奥まで届いた剛直に子宮の入り口をゴリゴリと突かれて思わず腰を引く。

「理子、逃げるなよ」

肘をついてシーツに顔を埋め、私は光晟さんの声を聞いていた。腰を高く上げた姿が彼をどんなに煽るかなんて知りもしないで。根元まで入りきった剛直を引き抜き、また埋め込まれてくぐもった声が漏れる。

「うっ……っ、くっ……」

ゆっくりなのだけれど、確実に最奥に埋め込まれて体がつらい。つらいのに眩暈《めまい》にも似た感覚がやがて悦楽に変る。愛液にまみれた場所に無骨な手が伸びて、固く尖った蕾を軽く撫でられた。ピチャピチャと淫らな水音が耳に届き、はしたなくも私の興奮を誘う。

「あぁ……っ、や、そこっ、感じすぎ……っ」

私の中の剛直が容量を増したように感じてしまうのは、私が感じすぎて中をきつく締め付けているからだ。緩やかな律動を繰り返されるうちに、気が遠くなりそうな感覚に襲われて、光晟さんの声が遠くに聞こえる気がした。

「理子……お前、よす……ぎ、……くッ」

耳元で息を吐かれて、ゾクゾクっと甘い痺れが走った。光晟さんが達したのがわかったその瞬間、私も激しく達してしまった。


脱力して、横たわった私を見つめながら、また避妊具のパッケージを開ける光晟さん。

「たまんないな、その顔」

そう言って、また口付ける。

「理子、すこし肉付いた？」

「実家にね、いま戻っているから栄養が足りているんだと思う」

「そうか」

嬉しそうなその顔がまるで、肉のついた私を食い散らかそうとする獣みたい。その獣が膝を掴んで私の脚を開く。そして、一番敏感になっているそこに唇を近づけてくる。

（えぇっ⁉）

拒否する間もなく、赤く膨らんだ突起を強く吸われる。ピチャピチャ……猫がミルクを舐めるみたいな音を立てて、私の敏感な場所を好きなだけ舐めて吸う。激しい快感が走って、身をよじると足を摑まれベッドに張り付けにされた。舐め啜られるたびに、強く感じすぎて体が制御を失う。気が狂いそうだ……。ヒクヒクと痙攣する蜜口に屹立が入ってくる頃には、私の意識は朦朧としてきた。なのに、体は愛撫に悦んで応えている。

私は、突かれながら声を枯らせて喘いでいた。

「はぁっ……はぁ……ん、っく、んぁッ！　あ、や……あ」

「……っ、理子、締め付けすぎっ！　あ……っく、イク……」

中で光晟さんの剛直がビクビクと震えるのを被膜ごしに感じた。目の前の端正な顔は、苦悶と恍惚《こうこつ》の混ざった表情を晒している。

（こんな無防備な顔も見せてくれるなんて……なんだか、嬉しい）

私は光晟さんを見つめながら、甘やかな歓びに浸っていた。

それにしても……顔の一部以外に光晟さんの唇の触れていない箇所は、たぶんない。唇から爪先まで全部食べられた。腕の内側にも赤い斑点を見つけて光晟さんを軽く睨む。医者のくせに、私の体調を気遣っているくせに、貪り食うなんて矛盾だらけだ。

でも、それは私も同じ。こんな、体だけで繋がっている関係はいけないと思うのだけれど、拒めない。逆に悦んで受け入れてしまう。それにしても、この全身の鬱血痕をどうしよう……。首とかいろいろなところに注意が必要だ。体調管理のために休んだのに、こんなことをしていたなんて、不謹慎だもの。

「鏡で全身を見るのが怖いなぁ……」

「冬服に隠れるから、良いじゃないか」

シャワーから出てきた光晟さんが、ニヤッと笑ってうそぶく。私は光晟さんに向かって口を尖らせ浴室に向かった。

身だしなみを整えて、もう一度忘れ物がないか周りを見渡した。部屋中が二人の汗と体液の混ざった甘い香りで満ちている。

「足りない」

光晟さんが呟いた。

「えっ？」

「全然足りない」

光晟さんが子供みたいに繰り返して言う。そんな姿を見ていると、自分が強く求められているのかと勘違いしそうになる。でも、会えなくて寂しいのは私も同じ。大学病院での怖い光晟さんでも良いから、毎日会いたいと思ってしまう。

でも、彼女という立場でもないから、それは言えないと思った。

（私って、やっぱりセフレ……なのかな？）

光晟さんの車で病院の駐車場まで戻った。もう実家に戻らなくてはいけない時間なのに、車から出られない。離れたくなくて、体が動かない。

「光晟さん、ずっと会いたかったの」

今更だけど、私が伝えられる想いはこれ止まりで、それ以上は何も言えない。それでも全然言い足りなくて、我儘が口をついた。

「明日も会いたい」

「オペが終わったら電話するよ、夕方六時ころかな」

「良いの？」

「ああ、それまで我慢しろよ」

嬉しさで、急に気持ちが舞い上がる。おかげで、私はようやく自分の車にもどることができた。

実家に戻るとすぐに自室に入って鏡で全身を確認する。

「うぁ……」

思っていた通り……、体はいうに及ばず、『今さっき、激しいＳＥＸをしてきました』って言う顔をしている。

少し暑いけど、タートルネックのカットソーを着て、髪を梳いた。

とっくに消えている口紅を塗り直して、ダイニングに降りる。

「お帰り」

母と佑樹さんが口を揃えて私を迎えてくれた。

「遅くなりました」

顔が熱い。

「理子、お友達に久しぶりに会ったって？　大学の友達？」

夕食に少し遅れると母にメールを送っていたので、何の気なしに友達のことを聞かれる。

「うん。偶然病院で会って、ちょっと話が長引いちゃったの」

「そうなの」

母はそう言って食事を始める。チラっと佑樹さんを見ると、下を向いて、箸で野菜を突いていた。その口角が上がっているのは何故？　もしかして……笑っている？　佑樹さんは無口な人だから、何も言わなかったけれど、意味深な笑顔が気になって仕方なかった。

11　波乱の始まり

父が退院した後も、私は実家で生活していた。以前とは段違いに父の態度が軟化したおかげだ。小塚製薬での私の仕事は平常運転に戻ったけれど、会社の了解をもらった上で、週末だけは父の会社の手伝いをしている。

借りているマンションには、ほとんど戻っていない。この生活が続くのなら、マンションはもう引き払った方が良いかもしれないと考えていた。

父の事故から二ヵ月が経った。佑樹さんから会社の話を毎日聞くので、最近では大体の状況が頭に入っている。

朝食や夕食時、または母との会話でも常に会社のことが話題に登るし、高松の本社社員の情報のみならず、東京のクッキングスタジオや、高松のカフェのスタッフ間のいざこざまで耳に入ってしまう。小さなことだけれど、社員全員の生年月日をチェックして、誕生日に商品券と花をプレゼントするのは私の役目になっているし、父の書類関係の整理も私の仕事だ。不思議なことに、最近では父の会社がとても近しいものに感じられるのだ。

　そんな中、本業の小塚製薬では、師走が近づいたので、雑用も含めいろいろと忙しい。ＭＲ認定試験が迫っている上に、大きな病院では勉強会という名の接待が始まる。最近は地味になったとはいえ、年末のこの時期には欠かせない行事だ。

「憂鬱だなぁ。な、立花」

「またまたー、田中先輩ってば飲み会好きのくせに。看護師さんに悪さをしないでくださいね」

「立花っ、何を言うんだよぉ！　言いがかりもはなはだしい」

「そうですか？　ところで、愛媛の勉強会は先輩が企画するんですよね？　進んでいますか？」

「そういうお前はどうなんだよ？」

「はい、コレ」

　私はプリントした用紙をヒラヒラさせて先輩に渡した。

「高松の担当病院さんとの打ち合わせは済みで、お店の予約も済んでいます」

　先輩は、私のスケジュール表を見ると、感嘆の声を上げる。

「お前、すごいな」

「先輩、こんなことで褒められても微妙です」

　大体、私が挙動不審になるのは、光晟さんが絡んだ時だけだし……そろそろ先輩も、私がデキる後輩だと気づいてくれても良いころだと思うんだけどなぁ。などと、内心でうそぶいてみる。

「なぁ、愛媛もやってくんない？」

「え……なんで？」

「俺、そういうの苦手なんだわ。な、立花が休んでいた間に、俺ずいぶんと頑張ったからそのお返しってやつで……頼むよ～」

「うーん……わかりました。やります」

私は仕方なく頷いたけれど、ちょっと不満だ。

（田中先輩、ズルい……）


月曜、私は早朝から光晟さんのいる大学病院に向かっていた。

今日は、前回の新薬説明会に来て頂いたドクターに、お礼がてらノベルティーのボールペンと新しいパンフレットを渡すのだ。それとともに、先輩に代わって外科部長に勉強会の相談をする使命も負っている。

外科外来の前で待つこと三十分、ぞくぞくと白衣の集団が医局から降りてくる。外科部長も、今日は週一の診察日で、ここを通る予定だ。早速姿を現したので駆け寄って封筒を手渡した。

「立花ちゃん、久しぶりだね～」

なんて言いながら受け取ってくれる。

「部長、午前の診察終了後に勉強会のご相談をさせて頂きたいのですが、よろしいでしょうか?」

「あぁ、うん良いよ」

「ありがとうございます」

頭をさげて一歩下がる。すると、光晟さんが、若手のドクターと一緒に降りてきたので、怖々パンフレットを渡したら、若手ドクターの分もヒョイと取り上げ、

「ほら」と、代りに渡してくれる。

「先行ってくれ」

言われたドクターは『あれ?』という顔をしたけれど、素直に従った。高松での密会?から、約一ヵ月振りの再会だ。その間、一度だけ電話が入った。

「大丈夫か?」って……。

「あれだけヤリまくったんだから、ゴムが裂けた可能性も否定できない」と言われギョッとした。『生理はきたか』の意味だと私が察するのが遅くて、光晟さんに電話口で低く笑われたっけ。

「理子」

光晟さんは仕事中なのに、プライベートの時みたいな声で私を呼ぶ。強面の大澤先生は、ここにはいない。

　その声を聞いただけで、条件反射みたいに私の体が熱くなる。それでも平静を装って光晟さんを小声で窘《たしな》めた。

「名字で呼んで下さい、大澤先生」

　光晟さんは、不適な笑みをうかべて言い捨てた。

「知るか」

「えっ？」

　声を出す間もなく、頬を撫でられていた。

「理子、面白いな。赤面しているのか？」

「ああ、貴方のせいですっ！　どうしたんですか今日は？　大澤先生らしくないです」

「理子に会えないから、おかしくなったのかもな」

「……もうっ、そんなこと言って、揶揄《からか》っているんですか？」

　私は、「早く行ってください」と小声でせかした。それなのに光晟さんは動かない。

「今日は？」

「外科部長に勉強会のご相談をして、市内の総合病院を回ると直帰です」

「電話する。ウチで待っていてくれ」

　そう言って、マンションのカードキーを私の手のひらに落とした。

「良いの？」

「なにもなければ七時ごろ終わる、待ってられるか？」

私はコクリと頷いた。

ここは、早朝の大学病院。患者や看護師、事務職員はそこかしこにいるわけで、私達の会話は誰に聞かれてもおかしくない。でも、それを心配する余裕は私にはなかった。今は、夕方にまた光晟さんに会えることが嬉しくて、それだけで浮かれていた。

外科部長との打ち合わせを終えると、他の病院にも立ち寄り、そこでも年末の勉強会の打ち合わせをした。

午後五時、仕事を終えて光晟さんのマンションに向かう。光晟さんの駐車スペースは二つで、一つにはあのＳＵＶが停まっていた。と、いうことは、今日はバイクで出勤しているのだろう。

「お邪魔しまーす」

前回と同じように、声をかけて部屋に入る。リビングはこの前と同じで、お掃除ロボが充電中だ。

今日は外食する時間がないから、夕飯を作っておこうかな。などと考えてメールをした。ちょっと図々しいかな？　と思ったけれど……光晟さんは返事をくれるだろうか？

『ゴハン作っても良いですか』これだけの簡素なメール。冷蔵庫には何もなかったから、返事を待たずに買い物に行った。スーパーの中を見回っていると、光晟さんから電話が入った。

「作ってくれ、米はある」

と一言。率直すぎる会話にはもう慣れたけれど、『米はある』にはちょっと笑えた。

「はい、簡単なものしか作れませんが」

「じゃあな」

電話はすぐに切れた。きっと忙しいんだよね。

お米は冷蔵庫に入っていた。フライパンや鍋も揃っていたので安心して作ることができた。肉じゃが、卵焼き、お味噌汁、ごはん、お新香。

いつも、一流のレストランや料亭に行っているイメージの光晟さんに、こんな簡素な夕食を出しても良いのかしら？　と、ちょっと心配だったけれど、これでも頑張ったのだ。

母には、「ごはんいらない。遅くなるけど心配しないで」とメールをした。理由は、もちろん……書けない。

「ピンポーン」

いきなりベルが鳴ってギョッとする。マンションのエントランスからだったので、キーを持っていない光晟さんが鳴らしたのかと思った。急いで画面を見にいくと……女の人が立っている。

「え？」

小児科の姫野先生に似ている。というか、本人そのものにしか見えない。

「うわっ、どうしよう……」

インターフォンの受話器を手にとる勇気が出ない。画面を凝視したまま、私は固まってしまった。

光晟さんが病院にいることを知らないんだね、きっと……。駐車場には光晟さんの愛車が駐車しているから、帰宅していると勘違いしているのだと思った。応対することもできず、しばらく放置していると姫野先生激似の女性は立ち去った。

よくマンションに立ち寄るのだろうか？　何度も来ていても嫌だし、初めてでも嫌だ。光晟さんの伯父さんは、姫野先生をお嫁さん候補だと言っていたけれど、私はそのことを光晟さんに問い質したりはしていない。

たしかに私は光晟さんの正式な『彼女』ではないかもしれない。でも……二股をかけられているとはどうしても思えなかった。甘い言葉や軽い約束は口にしない人だけれど、会えばいつも優しい。私はそれだけで、光晟さんを信じることができる。

付き合っていないとすれば、同僚のマンションを夕方一人で訪ねるなんて変だ。とにかく、光晟さんが帰ってきたら、聞いてみなければ。

姫野先生の来訪に、私が冷汗を流してから一時間後、光晟さんはようやく帰ってきた。玄関で抱きしめられて、そのまま抱き上げられ寝室に向かう。

「ちょっ！　ご飯は？」

「後」

「ええっ！」

光晟さんは私をベッドに下ろすと、手早く服を脱がせる。

「すぐ終わる」

「終わるって……もうっ！」

「……理子、もう濡れているくせに」

自らも服を脱いだ光晟さんは、私のショーツの中に手を差し込んで囁く。

「そんなこと……やっ……あんっ……」

避妊具を開けた後の装着も早かった。膝を折られてのしかかられると、光晟さんの熱と匂いに包まれて私にもスイッチが入ってしまう。屹立が蜜口に押し当てられ、滑った入り口から蜜が溢れ出す。少し入ってきただけでも、痺れるような快感が背中を走った。そのまま一気に貫かれて、私は思わず声を上げてしまう。

「あぁっ……」

全てが収まると、息をつく間もなく小刻みに腰を揺らされて、膣の中がザワザワと屹立に絡みつくのがわかる。光晟さんが切なそうに眉を顰めて目を閉じた。

「……ぁあっ……はあっ……こうせいさ……」

いきなり挿入されてもこんなに感じるなんて、私はどこまでいやらしくなっていくのだろう？　正直に言えば……食事を作っている間、ずっとこの瞬間を待っていた。私の中は蜜を流し続けていたのだ。光晟さんもこんなに固く大きくなっていたなんて……もしかして私と同じ気持ちだったら嬉しい。

「理子、踏ん張れよ」

そう言うと、腰を引いて思いっきり突いてくる。

「はあっ……はぁ……ん、はぁん……あぁっ……！」

激しく突き上げられて、剛直が子宮の入り口に当るたびに苦しみよりも快感が増す。重い陰嚢がお尻に当ると、それだけでも感じてしまう。汗だくになった光晟さんの唇が下りてきた。私は舌を吸ってほしくて自分から差しだした。

「あぁん……こうせいさん……好き。もっとぉ……」

私の願いを理解してくれたのか、舌を強く吸われ互いの唾液が交じりあう。深くこれ以上無理なくらいに剛直が埋め込まれ、悦楽に私は目をきつく閉じた。

「ああっ……！」

「……くっ、理子……イク……」

唇も繋がったまま、私達は絶頂を迎えた。光晟さんの剛直が痙攣して精を放ったのが膜越しに感じられる。もっと、もっと……私の中がさらに締め付けて、彼の全てを搾り取ろうとしている。

（私ったら、なんて強欲……）

悦楽を貪った後、私達はしばらく抱き合っていた。汗だくの体が冷える頃、光晟さんがポツリとつぶやいた。

「……腹減った」

私達は笑いながら洋服を来て、リビングへ向かった。急いでゴハンを温めて、ダイニングに夕食をセッティングする。私は光晟さんがゴハンを食べ始めたのを見計らって、気になっていたことを、できるだけさりげなく尋ねた。

「小児科の姫野先生って、マンションによく来るの？」

光晟さんは、箸を止めて首を傾げている。

「姫野？　俺の部屋にか？」

私は頷いてお茶を啜った。落ち着いているように見えますように……そう願いながらもドキドキが止まらない。

「姫野先生が今までマンションに来られたことは……ないの？」

「ない。ここに来るのは本当の友人か家族だけだ。あと、宅配業者な」

そう言われたら何も言えない。『じゃあ私は何？』と聞きたいけれど、返事が怖くて聞けなかった。

「今日、午後六時ごろ、エントランスからピンポーンって……モニターを見たら姫野先生が立っていました」

「マジか？　へぇ？」

光晟さんは、余裕で面白がっている。

「そう言えば、前も姫野を見たとか言ってたな。で、どうなった？」

逆に私が聞きたいんですけど！　と、いきり立ちそうになる。光晟さんが演技をしているとは思えなかった。本気で姫野先生の来訪が意外だったらしい。そして面白がっている。

「対応するのはマズいかな……と思って、モニターをずっと見ていたら、しばらくして帰ったの」

　私の返事を聞いて、まだニヤニヤしている。光晟さんの真意がつかめない。私は次第に追い詰められたような気分になってきた。おかしいなぁ、光晟さんに弁明とか説明を求めているはずだったのに。

「今日バイクでした？」

「うん」

「SUVが駐車場にあったから、部屋にいると思ったのかも。光晟さん姫野先生と親しい……ですよね？」

「親しくない」

「だって、説明会で隣同志だったし、以前も二人で連れだって廊下を歩いていたじゃない」

　問い詰めるみたいな言い方になるのが自分でも嫌だと思った。でも、追及が止まらない。

「理子、妬いているのか？」

「……」

「言えよ」

　容赦ないというか、やっぱりイケズだ。でも、今なら光晟さんの伯父さんが言っていたことを確認できるかもしれない。朋美の応援を思い出しながら、私は光晟さんに言った。

「前に学部長から聞かされたことを思い出しました。『光晟さんは、医者と結婚してご実家の跡を継ぐから、私が離れたら好都合』って……。だから、姫野先生とお付き合いして結婚するのかしら？　って思いました。これで良い？」

　私はそう言って、お味噌汁に口を付けた。

「良くない、ハズレ」

　私が顔を上げると、光晟さんが私を見据えている。

「理子、よく聞け……俺は姫野とは付き合ってもいないし、結婚もしない。俺は同僚の医師は優劣を付けずに大切に扱っている。どの医師とも良好な関係を保っていないと、仕事がやりにくいからな。その代わり、常識を逸脱した人間は切り捨てる」

　光晟さんが真剣な顔で説明をするから、私は思わず頷いてしまう。

「わかってくれたか？　姫野は大学の同期というだけの関係だ。学生時代に煩く纏わりついてきたから、あからさまに排除したことはあった。今度は同僚になったから、できるだけ他の医師と同じように対応をしているが……招待してもいないのに、押し掛けるようなことをされると気持ちが悪いな。お前一人で心細かっただろう……悪かった。俺にすぐに電話しても良かったのに」

「仕事中だろうし、すぐに諦めたから良いかな……って」

　光晟さんの説明には疑わしい所はなかった。噂や学部長が言ったことは真実ではなかったのだろう。

「なぁ理子……俺に腹が立たなかったのか？」

「だって、私……」

「お前、バカ?」

「えっ? こ、光晟さんよりかは、バカかもしれない」

「イヤ、まれに見るバカ」

「へ?」

「俺のこと、なんだと思ってんの? 俺は人でなしか?」

……と、貴方よく言われますよね。デーモンとか鬼とかいろいろと人様に。

「理子、俺、お前と広島でああなってから、誰にも触れていないぞ」

「……」

「わかってんの?」

私は何と言っていいかわからなくて、ボヤーっと光晟さんを見ていた。

喜んでいいんだか……ある意味、微妙。

「あれだけ、情込めて抱いたのに、わかんねえってどういうことよ」

「ご、ゴメンなさい」

「しかたねーな。今度お仕置きしてやるよ」

「……ええっ⁉」

慄く私を無視して、光晟さんは食事を再開したけれど、ふと箸を止めてこちらに視線を向けた。

「そう言えば、理子」

「はいっ？」

私はキレ気味で返事をした。

（お仕置きって……なにっ？）

「さっき、伯父貴に何を言われたって言った？」

「え？……あぁ、光晟さんは医者と結婚して跡を継ぐから、私が離れ……」

「お前、そんなこと言われたのか？　いつだ？」

「えっと、九月の終わりかな？　新薬の説明会の後に……」

「……あのヤロー、ぶっ殺す！」

光晟さんは、お箸を握りしめて怒っている。以前にも聞いたことのある殺人予告だ。でもこんどは半分本気なのかもしれない。だって、握っていたお箸が折れたから。

結局、私はその夜光晟さんのマンションに泊まって、翌朝早くに高松に戻った。

当然、またおいしく頂かれちゃったけど。

12　執着する女

「先輩、ハイこれ……愛媛の勉強会のスケジュールです」

十二月に入った最初の週に、私はスケジュール表を田中先輩に渡した。「サンキュ」と受け取った先輩が、申し訳なさそうに私に声を掛ける。

「イヴの前々日って、立花どうよ、用事ある？」

「え？　用事は入っていませんけど」

「愛媛の大学病院の若手ドクター達が、合コンをセッティングしてくれって言ってるんだ」

「へぇ？」

面倒くさい……いや、それを言っては失礼か。

「外科のドクターが、お前をご指名だって」

「私？」

「うん、男女五人ずつでどうかなって」

「はぁ……」

先輩が飲み会好きだからって、私まで誘ってくれなくても良いのに……と、気が進まないので、ため息が漏れそうになる。

「お前、気のない返事だな。向うは男女四人ずつ出席するって言うから、俺らが行くと、ちょうどいいんだ。もちろん、メンバー以外の先生方には内緒だけどな」

でしょうね。光晟さんとか絶対来ないと思うし。仕方がない……大学の先生方に乞われての飲み会なんてめったにないことだから、喜んで参加しなきゃ。

「じゃあ、参加します」

「悪いな。可愛い看護師さんがいるんだよなー」

「……」

無言で非難する私を無視して先輩は話を続ける。

「立花、お前、彼氏っているの？」

（それ今聞きます？　聞くとしたら、合コン話の前でしょう）

そう思ったけれど、そこは堪えた。でも、はっきりと言っておいたほうが良いと思ったので正直に答えた。

「……います」

「えっ！　いるのっ⁉」

「はい。でも合コンって言っても、こちらはある意味仕事ですよね？」

「お、おう……ところで彼氏は怒らないのか？」

「さあ？　仕事だと言えば大丈夫だと思います」

MR認定試験は十二月の最初の日曜日だった。仕事と父の会社の手伝いの合間に、テキストをとにかく読み込んで丸暗記で挑んだのだけれど、とりあえず手応えはあった。この試験が気がかりで仕方がなかったので、終わると嬉しくてホッとした。あとは結果を待つだけだ。

さあ、いよいよ勉強会月間の始まりだ。初っ端は、あのマカロンちょうだい看護師さんのいる病院なので、メンバーが濃い。ほとんどが前回の勉強会のメンバーと同じだと聞いている。あのしつこい若手ドクターもいるのかとため息が漏れる。今回は光晟さんの参加はないだろうと思っていたのだけれど……。

光晟さんにマカロンをねだった看護師さんはもちろん参加していた。それに、光晟さんも急きょ参加すると病院側のとりまとめ役のドクターから聞いて、慌てて店に人数が増えることを伝えた。この前マンションで過ごした時には何も言わなかったのに、光晟さんってば……。

実は私は、光晟さんの情報を密かに収集している。だって、気になるんですもの。本人に直接聞けば良いのかもしれないけれど、ご両親のことなどを聞いたら、図々しいと思われる可能性大だ。

でも、私は知ってしまった。ご実家はこの地区では比較的大きい外科医院。光晟さんはいずれ家を継ぐから、この地区の総合病院で非常勤を続けてコネクションを作っているのだとか……。お父さまは、光晟さんと違って、穏やかな方らしい。お父様が胃腸科専門医で、お母様は形成外科医。光晟さんは一人っ子。これは全部田中先輩のマル秘手帳より情報収集したものだ。先輩は、こういう情報が詰まった手帳を隠し持っている。落としたら大変だと肌身離さず携帯しているのだが、一度見せてもらったら面白そうだったので、数日間借りて必要な部分だけを丸暗記した。

「俺が何年もかけて集めた情報を、そのちっこい頭に詰め込んだのか？」って、先輩はガッカリしていたけど、ちっこいは余計だと思う。

今回の店はイタリアンだ。小さなお店なので、貸し切りになってしまった。イタリアの田舎料理がウリのお店。以前、田中先輩にランチを奢ってもらってから、私のお気に入りになった。

店の玄関先に立ち、続々とやってくるメンバーをお迎えする。勉強会という名目なのだけれど、女性は皆オシャレな服装をしている。マカロン看護師さんは赤いワンピースを着て緑のバッグを持っているのが、クリスマス仕様らしい。医療秘書さんも、ミニスカートで頑張っているし、男性は一見ラフだけれど、上質な装いだ。個人総合病院のドクターは高給取りだと、田中先輩のメモに書いていたのは事実のようだ。あとは光晟さんと男性医師一人がまだ到着していない。

「大澤先生達は？」

「車で来るって、二人とも終わったら松山行きなんだってさ」

ドクター達がいまだ来ぬ人の話をしている。

「えーっ大澤先生、二次会に行かないの？　ガッカリ……」

看護師さんたちが肩を落としている。

光晟さんと一緒に参加する園田先生も非常勤医師だ。園田先生は元々向井病院の脳外科医で、私は顔を知っているくらい。

そろそろ飲み物の注文を……という時間になって、ようやく二人がやって来た。私は早速、お出迎えに走った。

車から降りてきた二人は、並ぶと雑誌の表紙みたいで絵になる。

「お疲れ様です。小塚製薬の立花です」

園田先生に挨拶をする私に光晟さんが、「理子」と呼びかける。今は仕事中ではないけれど、園田先生が一緒なのに良いのだろうか？　私が固まっていると、光晟さんは園田先生を昔からの知り合いだと紹介してくれた。その園田先生は、優しいお顔とソフトな物腰で、どこの病院でも人気があるらしい。陰では王子と呼ばれていると聞く。悪魔と王子……中身は真逆なのに、仲が良さそうなので、意外！　としか言いようがない。

「立花理子さん、よろしくね」

園田先生は、声がハスキーで素敵な方だ。

「理子、今日終わったら、俺のマンションに一緒に帰るだろう？」

明日は祝日で、久しぶりのデートの日なのだ。最近は父の体調が回復に向かってきたので、昼間は家政婦さんに様子を見てもらっている。身軽になった母が社長代理として会社の仕事や社交にと精力的に顔を出している。おかげで私の負担が減って、デートができるようになったのがありがたい。姫野先生の騒動があってから、ほぼ一ヵ月振りのデートだ。

「はい、お泊まりの用意をしてきました。でも光晟さん、今日参加するんなら、先に教えて欲しかったです。私、勉強会が終わったら電車で松山まで行こうと思っていたんですよ」

私が小声で不満を言うと、園田先生がニヤニヤしながら光晟さんを見ていた。光晟さんは、私に目を当てたまま、園田先生を牽制する。

「園田さん、コメントとか絶対聞きませんから」

そう言うと、サッサと中に入って行く。

「あれ、ホントに光晟？　別人格なんだけど」

「変ですか？」

「玉井さんから聞いていたけど、驚愕ものだね」

「あの、どの辺が別人格なんでしょうか？」

「まず、普段は女性に自分からは声をかけない。おまけに、人が変わったみたいに優しく見えるのが、僕から見れば『異常事態』なんだよね……これは、面白い」

「そうなんですね」

面白いとまで言われてしまって、ちょっとだけ光晟さんが不憫に思えてきた。だって、私から見ればこれが普通仕様だもの。

それにしても、今でも十分横暴に見えるのに、以前はこれ以上にエラそうだったのだろうか？　まあ、何となく想像できるけど……。私は園田先生に曖昧に微笑んで店に案内した。

席はくじ引きで決められているので、誰が隣になるかはわからない。私はいつもの末席だけど、先輩は中で一番エライ先生の隣で営業トークを始めている。こういうところが先輩の凄いところだ。スルッと懐に入って人の心を掴む。私も見習わなくっちゃ。

光晟さんはマカロン看護師さんの隣になって、表情を消して座っている。園田先生は末席の近くなので、ちょっとホッとした。以前しつこかった若手ドクターも遠いから安心だ。

この店に来る前、電車での移動中に田中先輩が隣でずっと煩かった。

「立花の彼氏って、どんな人？　俺の知っている人？」

「教えません」

ダンマリを決め込んだのだけれど、

「ぜったい見極めてやる」とやる気満々だ。

「先輩の知らない人かもしれませんよ。それに遠距離かも」

「いーや。立花はそんなに触手を伸ばしまわるタイプじゃない。絶対近場だ」

と、恐ろしいほどの執念をメラメラと燃やしている。先輩の言う近場って、どれくらいの距離なんだろう？　バレると嫌だなぁ……。幹事なのに、またボヤーっとしていたら、園田先生が私を呼んでいることに気が付いてハッとする。

「立花理子さん」

それを聞き付けた看護師さんが、こちらの会話に首を突っ込んできた。

「園田先生、なんでMRさんをフルネームで呼んでいるんですか？　お知り合い？」

「良い名前だなって思って」と、園田先生はニッコリ微笑む。

「先生、立花さんのことを気に入ったんですか？」と、若手ドクター。

（何故私が話題に？　私は黒子なんですから気にしないでほしいなぁ）

ふと光晟さんを見ると、園田先生を睨みつけていた。レーザービームみたいな視線に焼き殺されそうだ。もしかして園田先生は光晟さんをからかっているのかもしれない。止めてほしい絶対！　百年経ったってあの人は覚えている気がするから。

それにしても、今夜はマカロン看護師さんの攻撃がはなはだ激しい。光晟さんが怖くないのかしら？　と、その勇気と執着心にある意味敬意を表したい。やっぱり光晟さんは、イケメンの部類に属する上品なお顔立ちだから、中身を知らなければ女の人は群がると思う。それに、非常勤の病院にいる時には、きっと悪魔度数を下げているから攻め込めるんだ。大学病院だと、まずこんな場に出席しないし、攻め入る隙を与えない気がする。

「大澤センセイって、結婚とかしないんですかぁ？」

マカロン看護師さんは既に酔っているようだ。いきなり直球を投げかけるなんて、素面ではできない芸当だ。

「すげー、勇気あるなあ。恐ろしいことを聞いているね」

園田先生が、隣で驚愕している。

(ですよね、私もそう思います)

大学病院でそんなことを言ったら、外科外来と病棟両方で出入り禁止になると思う。

「しますよ」

おぉっ！　普通に答えている！　今日の光晟さんは、優しい人バージョンだ。

「えーっ！　じゃあ、彼女とかいるんですかぁ〜」

きっと看護師さんは、『いませんよ』という答えを期待しているに違いない。光晟さんの口から、そのセリフが出る場にいたくなくて、電話が入ったフリをして、私は外に出た。

数分後店内に戻ると……何故か、席が騒然としている。

「マジでー？」

マカロン看護師さんが半泣きでキャーキャー騒いでいる隣で、光晟さんは無表情でノンアルワインを飲んでいる。一体何が起こったのだろう？

「あの……何が起こったんですか？」

園田先生にこっそり尋ねた。

「どこまで聞いていた？」

「彼女とかいるんですか……ってくだりから外に出ました」

園田先生は、ニヤニヤしながら私に小声で教えてくれる。

「いますが、何か？」って、アイツ答えたの。

「ええっ、本当ですか⁉」

それを言ったんですね？　私は恐る恐る光晟さんに目を向ける。光晟さんも目だけをこちらに向けて、悪魔めいた笑みを浮かべている。私は内心で頭を抱えていた。それを言ったら、次は相手の探り合いでしょう？　怖すぎる。案の定、光晟さんに質問が集中した。

「相手は誰ですかぁ？」

「私達が知っている人？」

「何歳？」

「何処に住んでいる人？」

女性達の集中攻撃が開始された。他の参加者達は、興味深々で攻防を見守っている。園田先生と田中先輩は、へらへらしながら騒ぎを傍観している。ハイ、他人事ですものね。

光晟さんが、淡々と答えた。

「二十代前半、他県の社長令嬢……。」はい質問には答えました。もう良いでしょう、料理が冷める」

そう言って光晟さんは、優雅に食事を再開した。

女性陣は、まだ大騒ぎしていて、男性のドクター達は苦笑気味。ふと視線を感じて顔を向けると、田中先輩が私を凝視していた。そして、光晟さんと私をゆっくりと交互に見ている。

（わーっ！　そのジェスチャーゲームみたいなのヤメテください！）

私は、田中先輩と目を合わせると、小さく首を振った。先輩は小さく頷いたのだけれど、絶対にバレた気がする。

食事会は光晟さんの爆弾発言で一気に盛り上がって……やがて、これ以上情報を漏らさないとわかると静かに盛り下がっていった。

「他県の社長令嬢って、ウソっぽいよね。ホントはいないんじゃないの？」などと言われる始末。そうですか、ウソっぽいですか……？　実はここにいますけど。

やがて、お開きの時間となり、それぞれ二次会に散らばった。今日は若手ドクターに絡まれなかったので、ホッとした。

「立花、詳細は会社でな」

先輩は含みのある表情を浮かべたまま、タクシーで偉い先生とカラオケに向かった。皆が消えたので、私達三人は光晟さんの車で松山へ向かうことになった。

「光晟、バラしちゃって良いの？」

園田先生が、早速光晟さんを突っつく。

「良いさ。香水臭い女にすり寄られて、いい加減キレそうだったんだよ。この辺で釘刺しとかないと」

「理子さんは、バレたら仕事しづらいんじゃない？」

「そうなのか？」

そうですね。大学病院でバレると、怖いことになりそうな気がしますが……伯父さんとか、女性スタッフとか、小児科のドクターとか。

「大学病院くらいだろ面倒なのは。あ、伯父貴のことは気にするな、俺がシメ上げるから」

「ええっ！　向井学部長にバレてるんだ？」

園田先生が大袈裟なくらいギョッとしている。

「あの……」

「あー、光晟は大丈夫かな？　向井の時は大変だったんだよ、一旦別れるフリしたりいろいろと」

向井とは、向井病院の院長先生だろうか？　園田先生は向井院長と親しいらしい。

「何で？」と光晟さん。

「アイツの親父さんが倒れた時だったから、向井は秘密の婚約中だった今の嫁を大学病院に残して高松に帰ったし、二人の結婚を阻止しようとする学部長の策略がエゲツなかったし、他にもいろいろ危ない騒動があってね……」

「危ないって、あの……？」と、私が反応すると、園田先生は頭を掻いた。

「ごめん、ちょっと脱線だな。怖がらなくて良いよ。……学部長の策略は、向井が防いで結局は泡と消えたんだよ」

策略だなんて、なんだかすごそうな話だ。光晟さんはあんまり気にしてなさそうだけど。大体この人ってモノに動じないタイプだから、何があっても大丈夫そう。私はダメだ。凶器とか見たら、きっとヘナヘナ～って、腰抜かしちゃうわ。

「園田さん、ホテルどこ？」

「あーあ、やっぱり、俺ホテル泊かぁ。大学の近くのビジネスホテルで降ろしてくれよ」

「すみません、私が……」

「理子、謝る必要全然ないし。園田さんが勝手に俺ん家を定宿にしているだけだから」

光晟さんのマンションに泊まる気満々だった園田先生は、ビジネスホテルの前に下ろされて、別れ際、悲しそうに手を振っていた。


「理子」

ここは、光晟さんのマンションの寝室。

「お前、胸大きくなってない？」

「胸？」

「ブラからはみ出ている」

「体重は増えたけど……」

そうなのだ。父の事故のせいで実家に帰ってからというもの、朝晩しっかりとご飯を食べているし、家政婦さんがお弁当まで作ってくれるから、食生活が充実しているのだ。これは不幸中の幸いと言うべきか。

「あ、でも、大学時代よりサイズＵＰしているかも。こんどフィッティングに行ってみようかな」

「行ってこい。合わないブラをしていると、体に良くないからな。乳腺症になって痛みが出ることもあるし」

「はい」

こういう時、お医者さんが身近にいると、本当に便利だと思う。玉井先生がお兄さんだったら、もっと良いだろうなぁ。

光晟さんは、まだ私の胸を探索中。

「重みが違う」とニヤニヤしている。

（……楽しそうね？）

「光晟さん」

「あ？」

「あの……ね」

「うん？」

「今日話していた彼女って……その」

光晟さんは、私の言いたいことは判っているはず。モジモジしていると、あっけらかんと答えてくれた。

「理子は社長令嬢だ。間違ってないだろう？」

「私のことで、良いのよね？」

「お前……まだ俺のこと信じられないわけ？」

光晟さんは「フンッ」って大きな息をつく。

「……と言うか、何で私？　って思って。私ってちょっと抜けているし、最初からあんな出会いだったし」

光晟さんは、何故かククッと笑いだした。

「あの時、お前おかしかったよな」

「え？」

「お前、パーキングで倒れて意識飛んだ時、何言ったか覚えてないだろ？」

「はい。喋ったことですら今知りました。私、なにか変なこと言ったの？」

「朝ご飯食べる」

「へ？」

「俺が、ヘルメット投げ出して助けに行ったら、俺の顔見て、『朝ご飯食べるの』って言ったんだよ」

光晟さんはそう言うと、フフフ……と含み笑いだ。

マジですか？　恥ずかしいです。初めて出会った時のセリフが「朝ご飯」とは。

「あーあ、やっぱ自信ない。私のどこが良いのか、全部言ってくれないと、わからないかも」

ちょっと甘えてみた。

「面倒くさい」

　想像した通りの返事をもらってちょっとがっかりしたので、「そうですか」と言ってお風呂に行こうと立ち上がった。すると、腰を捕まえられてそのままベッドに仰向けにされた。光晟さんはいきなり私の脚を撫で上げて囁く。

「不謹慎だったけど、お前が倒れた時、ショートパンツから伸びた足が綺麗だった。真っ直ぐで骨格が美しい」

「ええっ？　骨格？」

　驚く私を完全無視して、踝《くるぶし》にキスを落とす。

「首と名の付く個所が、全部細い」

「そ、そう……？」

「華奢なのに、適度に肉がついて柔らかい。胃がすぐポッコリなるところもカワイイな。それから……」

「やっ、やめて！　羞恥プレイですっ、これはっ！　光晟さん、褒められると恥ずかしい……というか、パーツに分けて評価して、まるでモノ扱いなのが気になりますっ」

「褒めてないよ、虐めているんだ。理子、どうした？　顔がトマトみたいだぞ」

「もぉっ」

「実際はパーツに分けて評価なんてしないよ。一瞬で認識するんだよ、俺は。ほら、風呂入るぞ、風呂」

　二人でギャーギャー言っていたら……インターフォンが来客を告げた。

「ピンポーン」

「ん？　もしや園田さんか？　……ゲッ！」

インターフォンを覗いた光晟さんが、えらく驚いている。

何だろう？　と思い、見に行くと……画面に映っていたのは、エントランスに佇む、小児科の姫野ドクター。

暫く二人で固まっていたら、また「ピンポーン」と鳴る。

光晟さんが、受話器を取った。

「はい」

「姫野です。近くまで来たので……」

「取り込み中なので、お帰り下さい」

姫野ドクターは、拒絶されると思っていなかったのか、光晟さんの冷たい声に、一瞬言葉を失った。

「……せっかく来たのに」

「お呼びした覚えはありません、お帰り下さい」

光晟さんは、そう言って通話を切った。その後、管理室に電話して、ちゃんと帰ったかを確認していた。

「これはヤバい。本物のストーカーだな」

「ストーカー？」

「理子の報告を入れて、これで六回目」

「ええっ！　そんなに？」

最初のピンポン事件から、今日も含めて六回もこのマンションを訪れているとは……怖すぎる。

「自宅に来るな。恋人がいるから勘違いするな。って、大学病院でもはっきり言ったんだけどな。まぁ……手を打つわ」

私は、姫野ドクターに一時期嫉妬をしていた。光晟さんへの気持ちは理解できるし、歯牙にもかけない冷たい態度をとられたら執着したくなるのかもしれない。だけど……これは異常だ。

光晟さんは実家の顧問弁護士さんと電話後、ご両親に初めて私の存在を知らせた。

「え？　電話に出せって？　それは断る。……お袋、今度ちゃんと連れて行くから、まあ待ってくれよ……理子にだって心の準備があるんだよ……え？　ああ、立花理子。漢字？　んなもん……後でまた教えるよ……ああ、じゃあよろしく」

親子の会話の内容が全部わかってしまう。さすがの光晟さんもお母様にはちょっと弱いらしい。でも……こんなことが発端でも、ご両親に会わせてくれるってことだよね？　私は、光晟さんとの未来なんて想像してはいけないと思っていたのだけれど、それは思い過ごしで、これから明るい未来を夢見ても良いような……そんな気がして、嬉しかった。

「理子、大学病院では姫野に気を付けろよ」

「はい」

　仕事上では関わりはないし、姫野先生が私と光晟さんを結びつけることもないとは思うけれど……用心にこしたことはない。防犯ブザーでも買おうかな。私はそんなふうに安易に考えていた。

13　危険な合コン

　翌日、かなり遅い時間に高松の家に戻ると、佑樹さんがちょうど玄関から出てきた所で声をかけられる。

「理子ちゃん、お帰り。遅かったね」

「佑樹さん、お仕事だったの？」

「東京出張から戻って、お母さんにいろいろ相談していたんだよ」

「あ、まだゴタゴタしているの？」

「うん、まぁ」

　佑樹さんが、会社のことでいろいろ苦労しているのに、自分は光晟さんと甘い時間を過ごしていたことに、いくばくかの申し訳なさを感じてしまう。私の顔色を読んだように、佑樹さんが慰めの言葉をくれる。

「理子ちゃん、気にしなくて良いよ。僕は、給料を貰っているんだからね」

「でも……」

「それより、理子ちゃんの彼と一度お会いしたいな」

「ゆ、佑樹さん、何？　いきなり」

（ビックリした。やっぱり佑樹さん、気付いていたんだ……）

「真剣なお付き合い……なんだよね？」

「……はい」

「おこがましいようだけど、僕は兄代わりだと自負している。まずは、伯父さん達の代わりに、その男性を見極めたいと思っているんだけど」

　佑樹さんの言葉には説得力があって、いつも『なるほど』と感嘆させられるんだけど、何だか今回も押し切られそう……。

「か、彼と相談してみるから」

「うん。会えそうな日が決まったら連絡してね。大袈裟に考えないで、数分間の立ち話だけでも良いんだから」

「はい」


　そして、休み明け。営業所に出勤すると、先輩が私を待ち構えていた。

「おう、立花」

「あ、田中先輩、おはようございます。勉強会お疲れ様でした。あれからカラオケ行ったんですか？」

「うん、あの先生しつこくてさー。三時間も付き合ったんだぜ。良いよなぁお前は、彼氏と一緒で」

うっ、来た！　ここにも私に干渉する『兄貴』がいる。

「先輩、私の彼氏って、その……」

「デーモン様だろ？　心配するな。お前がいいって言うまで、誰にも言わないから」

「先輩……」

「たぶん気がついていたのって、俺だけだろうし。最初から何か変だったもんな、お前もデーモン様も。元々知り合いだったのか？」

私は、「うん」とだけ答えて、俯いた。

「ブッ」

何故か先輩は、私の顔を見て吹き出す。

「なっ何？　なにか付いていています？」

「耳まで赤いけど、照れてんの？　何それ、可愛すぎるだろ」

「せ、先輩っ！」


十二月も中盤に入って、忙しさも最高潮となってきた。

先輩は、肝臓を守るというふれこみのドリンクを会社の冷蔵庫に常備して、毎日ゴクゴクと飲んでいる。私がお世話係で先輩が盛り上げ役なので仕方ないのだけれど、いくら酒席が好きとは言え少し気の毒になってきた。

「所長！　立花が独り立ちしたら、来年の新人は男性の酒豪を入れてください」

先輩は所長に直談判していたけど、面接の際に、貴方は酒豪ですか？　って聞くんですかね？

「立花ぁ、大学病院の合コンのメンツが決まったぞ」

「は……い」

「テンション低いな」

「はぁ……」

メンバーを見て、ますます気落ちした。

男性で知っているのは、最近光晟さんと一緒に行動している外科の若手ドクターだけ。あとは内科系のよく知らないドクター達だ。女性に至っては、まったく知らない看護師さん達と……姫野ドクター⁉

「姫野ドクターが、なんでまた？」

思わず口について出た。

「なんでも、内科の先生が姫野先生を気に入っているんだってさ。最初は参加を渋っていたのに急にOKしたみたいだよ。ちなみに、お前を切望したのは外科の若手。ほら、新薬説明会の時に手伝ってくれた……」

「はい。憶えています」

その夜、電話嫌いの光晟さんに連絡をしてみた。案の上、十回コールしても出ない。

十一時になって、そろそろ寝ようかと思った所でようやく電話が入った。

「どうした？」

「ごめんなさい。今、良いですか？」

「うん、運転していたから電話出られなかったんだ。今、マンションに着いた」

私は、仕事がらみの合コンがあることと、姫野ドクターが参加することを話した。

「伯父貴がお前のことを姫野に喋ったらしい。あのクソ野郎が……今日、アイツを締め上げてわかったんだがな」

ヒェー！　血縁とは言え、学部長をシメたんですかっ？　それよりも学部長が私のことを何と言ったのかを知りたかった。

「学部長は姫野先生に、どんな話をしていたんですか？」

「俺には製薬会社に勤務する恋人がいるから、縁談は諦めてくれってさ。縁談って、もともとそんなものはないのに……勝手にやらかしやがってあの野郎」

「え、縁談？　どういうことですか？」

「伯父貴のヤツ、俺との結婚をエサに、姫野に向井病院への転勤を勧めやがって。おまけに向井側には何も相談していなかったっていう手抜きぶり」

それはいろいろな意味でひどい。期待させておいて、今更諦めろだなんて。学部長は人の心を何だと思っているのだろうか。

「俺が問いつめたら珍しく反省していたよ。姫野がヤバい奴とは最近まで気が付かなかったって」

「でも、ストーキングも、よっぽど思い詰めての行動かも……」

私は姫野先生のことを、ちょっと粘着質なだけの善良な人かも……って、そう思いたかった。学部長の言葉で、捨てようとした光晟さんへの思いが溢れてしまったのだと。

「理子お前、世間知らなさ過ぎ。考えても見ろよ、付き合ったこともない、十年以上も前に一度告って振られた相手だぞ。その男との交際を院内で匂わせるか？　深夜にただの同僚のマンションを訪ねるか？　お前なら行くか？」

（うっ……私なら行かないなぁ。反対に光晟さんのことを忘れようと必死だったし）

「行かない……」

「だろ。俺が大学病院に戻ったと知って、移動の時期にゴリ押しでこっちに転勤してくるか？」

「そんなことまで」

「しかも、さも俺が呼んだんだって、周りに吹聴して回るか？」

「さ、されたの？」

「された」

「あっ。新薬説明会のときの事務さんの噂話は……そのことだったんだ」

「なんだ、耳に入っていたのか。おかげで一時期、俺だけが知らない『公認の仲』にされていたんだぞ」

「学部長……伯父さんも、騙されていたってこと？」

「伯父貴は、姫野の妄想話に飛びついたんだよ。俺が医者と結婚して向井病院に貢献することを切望していたからな。理子、合コンには絶対に行かなきゃいけないのか？」

「……はい。ある意味仕事だし、先輩もいるし大丈夫です……よ」

「そうか。なら、俺もちょっと考えるわ」

「また連絡する」そう言って、光晟さんはさっさと電話を切った。その愛想のなさが、今日は心細く感じた。


翌日、先輩に姫野ドクターのことを話した。光晟さんとの電話の内容も……。

先輩は、珍しく真剣な顔で、

「姫野先生ってヤバイ系だったのか……立花、大丈夫？」

「わからないですよ。なにもないかもしれないし」

「お前の出席は止めにするか？」

「うーん……ムリでしょう」

自分の個人的な事情で飲み会に穴をあけるのは申し訳ない。それに、参加しないのも、姫野先生から逃げるようで癪だった。だから、勇気を出して出席してみようと決心したのだ。

当日、先輩と私は午後から松山へ向かった。取引先の病院に挨拶をして回り、仕事の合間に光晟さんにメールをした。

『予定通り参加します。ちょっと怖いけど、頑張る』

『迎えに行ってやる。抜かるなよ』

ドキドキする心情を少し書いたのだけど、全然甘くない返事が届いた。

「大澤先生、なんだって？」

「迎えに行ってやる。抜かるなよ……って返事がきました」

「そのまんまの文面か？」

「はい」

「イメージのまんまやん。スパルタ彼氏」

「わかります？　光晟さんの鬼っぷり」

「光晟さんって呼んでいるのか？　それは許されているんだ？」

しまった。先輩が相手だからって、油断してつい口が滑ってしまった。

「許すも何も……普段はそんなに怖い人じゃないですから」

取引先との恋愛を会社に禁止されているわけではないから、知られても良いかな……と も思うのだけれど、噂になって仕事がやりにくくなるのは困る。

「仕事の時だけデーモン様なのか？　大澤先生って変わり者なんだな」

先輩はちょっぴり呆れた表情で呟いた。

合コン会場は、一番町で人気の創作料理店だ。小さいけれど由緒ある門構えの旧家を店舗に改装したもの。今日の食事会の人数は十人。小さいお店は、ほぼ貸し切り状態となった。

「きっとお高いんですよね？」

「まぁな。実は男性がほとんど自腹切っているんだよ。本気度が高いってわけ」

「先輩、それは申し訳ないです」

「外科の先生、かわいそうに。まさか、先輩ドクターにお前を攫われているとも知らないで」

そう言って、ウヒヒと笑っている。

「先輩、わりと人が悪いですね」

ヒソヒソ話をしていたら、光晟さんからメールが入った。

『スマホを常に携帯しておくこと』

上官からの指示みたいだ。もう慣れたけど。

私はと言えば……姫野先生は怖いけれど、人目があるから変なことはしないだろう。とにかく、平常心で食事を楽しもう……。と、考えていた。やっぱり人を信じたい。

あくまでも楽しむのは食事の方で、合コン的な雰囲気は遠慮したかったけれど、たしなみとしてオシャレはしてきたつもり。いつものジャケットの下にくすんだピンクのワンピースにグレージュのパテントパンプス。

参加している看護師さん達は、美人揃いで、メンバーが厳選されてる感アリアリだ。そこになんで私？　と、首を傾げてしまう。ほぼ全員が大学の医学部看護学科卒で、合コンに参加した若手ドクター達とは同期だそうだ。姫野先生は遅れてやってきたのだけれど、雰囲気が少しおかしかった。以前見かけた時には清楚なイメージだったのに、なんだかずいぶんと痩せこけている。やつれているにも関わらず、頬が赤く目がキラキラと煌いて……確かに美人だけれど、くすんだ肌と輝く瞳の対比のせいで、異様な形相だと感じた。しかし、出席者達に姫野先生を気にするそぶりは見られなかった。

食事会が始まると、味に定評のある店だけに、みな食事とワインに夢中になっている。私は姫野先生とは離れて座っていたので、会話をすることもない。このまま何事もなく終わってくれれば良いのに……と願っていた。

予想とは違って、和やかに進む食事とお酒……私はお酒に弱いので、ワインを少しずつ頂いていた。

姫野先生の正面に座った内科医がテーブルの上にワインをこぼして、姫野先生のポーチを濡らした時だった。内科医が濡れたポーチに手を伸ばすと姫野先生がいきなり叫んだ。

「触らないで！」

叫ばれた内科医は驚いて手を引っ込める。店内の空気が一瞬で凍りつく。姫野先生はポーチをひったくると、トイレに駆け込んだ。残された参加者達は、茫然と姫野先生を見送って、その後ヒソヒソ話が始まった。

姫野先生の豹変した姿を見て、さすがに私も怖くなってきた。普段見かける時には静かな美人という認識だったし、光晟さんのマンションのモニター越しに見た時にも、いきなりピンポンされてギョッとしたものの、返事がないとわかると大人しく帰っていたからだ。

それが、目の前で同僚に向かって叫ぶ姿を見て、光晟さんの心配は正しかったのかも……と思うようになってきた。

しばらくして、気持ちが落ち着いたのか、姫野先生が席に戻ってきた。私がその後トイレに行くと、化粧直しをしていた看護師さん二人が、姫野先生の噂をしていた。

「酔ったフリして○○先生に送ってもらおうと思ってるの」と、話していて、すごいなーと感心する。そんなスキルは私にはない。

「それにしても、姫野先生って怖くない？」

ドキッとした。私は髪を直すフリして聞き耳を立てていた。

「ビックリしたよね～、いきなり叫ぶ？　おまけに目だけギラギラしてさぁ……最近変でしょう、あのヒト」

「そうなのよー。クスリでもやっているんじゃないかって、もっぱらの噂だよ。なんでも、ハイテンションの時と病気みたいにダラダラしている時が交互にあってね、患者が最近減ってきてさぁ、小児科外来のナースが気味悪がっているんだって。もしかして、あのポーチに危ない薬でも入っていたりして」

「やだー、怖い！」

「そういえば……ほら、大澤先生に振られたって話」

「きゃは！　それそれ。元から相手にされていなかったって、聞いた？　なんでも……」

それ以上は聞いていられなくて、私は急いで席に戻った。戻るとすぐに、外科の先生が話しかけてくるので会話を続けていた。恋愛をゲームみたいに思っているような話しぶりが気になりつつお喋りをする。失礼にならない程度に誘いをスルーするのは、私にとっては大仕事だった。十時になって、ようやく合コンはお開きになった。皆が外に出ようと席を立ち出口に向かう。あらかじめ終了の時間を知らせていたので、光晟さんは駐車場で待っているかもしれない。私は電話をしようと、バッグの中のスマホを探した。

その時、ドアが開き、外の冷たい風と一緒に光晟さんが店に入ってきた。私は驚いて立ち尽くしていた。皆も驚いて一斉に光晟さんに視線を向ける。

「理子、迎えにきた」

「こ……光晟さん」

もう大丈夫なんだよね？　嬉しさと安堵感がどっと押し寄せてきて、涙が出そうだ。参加者達が驚いて私を振り返るのがわかったが、もう迷いはなかった。思わず駆け寄ろうとしたその時……腕を背後の誰かに強く引っぱられて、私は足をすべらせてしまった。

「きゃっ！」

足が大きく上がり、私は転んでお尻を打った。手を後ろに付くのが遅かったせいで、後頭部を店の床で打ちつけてしまった。隣に立っていた外科の先生が私を助けようとして手を差し伸べたのが見えたけれど、その手は届かなかった。

ゴツン！　と、大きな音が脳天に響いて、目の前に星が飛び散った。

「理子！」

光晟さんが駆け寄ると、周りの人たちがサーッと道を空ける。私は起き上がろうとしたのだけれど、光晟さんに止められた。

「理子、頭を打ったから起きるな」

「え？　あ……はい」

「まったく、お前よく転ぶな。止めきれなかったのか？」

「腕を引っ張られて……」

私がそう言うと、光晟さんが顔を上げて参加者を見渡す。看護師さんの一人が、私達に近づいて小声で告げた。

「姫野先生が立花さんを引っ張ったんです。私、姫野先生の後にいたからビックリしてしまって……止めることができなくてごめんなさい。立花さんがひっくり返った直後に、姫野先生が裏口に向かうのが見えました。あっと言う間で……」

そう言われて全員が姫野先生を探したけれど、看護師さんの言う通り、忽然と姿をくらましていた。田中先輩が店の人に姫野先生の行き先を聞いたけれど、店の人も気がつかない間に裏口から逃げ出したようだった。

「間違いないのか？　証言が必要な場合には協力してくれるか？　君の部署と名前は？」

「第二内科の田中です。証言できます」

この出来事に、店内は騒然となった。

「うそっ！　私、大澤先生ばっかり見ていたから気がつかなかった」

「姫野先生……何なんだ、あの人はっ！」

皆が口々に騒ぎ出す。光晟さんはそれらを無視してスマホを操作している。

「救急車お願いします。……おい誰か、ここの住所を教えてくれ」

私は記憶していた店の住所を寝転んだまま伝えた。光晟さんは私を見下ろして、満面の笑みを浮かべる。

「理子、えらいぞ」

えっ……笑った？　光晟さんが人前で何度も私の名前を呼んだことにも驚いたけど、今、めちゃくちゃ笑顔になったよ！　光晟さんの眩しい笑顔に、私は頭を打ったことも一瞬忘れてボーッと見惚れていた。

驚いたのは私だけじゃなかったようで、周りの看護師さんやドクターまでもが『おおっ、笑った』と、どよめいた。

いつの間にかそばに膝をついていた田中先輩が「レアだ」と呟く。

「先輩いたんですか？」

「いたよ。立花ごめん……何もできなかった。バカだな俺、お前と離れて二次会の準備なんて……守ろうと思っていたのに」

「いいですよ。大したことないと思うし」

もう光晟さんがいるから、私は安心しきっていた。

「理子、病院で一通り検査はするからな」

光晟さんが私に釘を刺したところで、サイレンが聞こえてきた。

「救急車が来ました！」

誰かがそう叫んだけれど、周りは未だ興奮冷めやらない雰囲気だ。お店の人がやってきて、寝たまま謝罪を受けた。ちょっと恥ずかしい。

看護師さん達が口々に言う。

「大澤先生と立花さんって、付き合っていたんだ？」

「うわーっ、意外すぎて倒れそう。てか、大澤先生が普通の人に見えるんですけど」

わりと失礼な発言があるけれど、今のところ光晟さんは気にしていないようだ。結局、怪我人が出たことで二次会はなしとなり、私は救急車に乗せられて、大学病院に向かうことになった。

田中先輩が、泣きそうな顔で私の側にまだ突っ立っている。

「俺、何もできなかった」

「先輩。まだそんなこと……それより私の方こそ、最後にぶち壊してごめんなさい」

先輩は私の欠席を勧めてくれていたのに、出席すると決めたのは私だ。先輩の助言に従っていれば、こんなことにはならなかった。それでも、姫野先生の乱心がこの程度で終わったから良かったのかもしれない。可能性は低いけど、光晟さんはくも膜下出血を心配しているっていうのに、当の私は呑気に構えていた。

救急車に光晟さんが同乗して、大学病院に向かった。病院ではCT撮影をしたけれど、ありがたいことに頭部に問題は見当たらなかった。後ろに倒れた時に肘をすりむいていたので、消毒をして防護材を貼ってもらう。

救急当番の脳外科の先生に、「さっさと診断書を書け」と光晟さんが命令するので、私は申し訳なさでいっぱいだった。田中先輩はずっと付き添ってくれていたのだけれど、私の無事を確認してから高松に戻っていった。


それから、私は光晟さんのマンションに向かった。

ソファーに座ると、自然と大きなため息が出た。光晟さんが紅茶を淹れてくれて、二人で並んで飲む。

「なんだか、ホッとします」

「……だな。消えた姫野が気になるけど、診断書は手に入れたから明日にでもウチの弁護士に預けておくよ」

「えっ、そこまでしてもらうのは……」

光晟さんに全てを委ねてしまえば楽なのはわかっているけれど、そこまでしてもらうのは申し訳ない。でも光晟さんは譲らない。

「何かあった時のために預けておくんだ。理子の了解がないかぎりは勝手に動かないから安心しろ。それとも、保険請求に使う必要があるのか？」

「ううん。そんなもの申請する気はないけど」

「じゃあ良い」

話はそこで終了してしまった。結局私は、光晟さんに頼ってしまうことになりそうだ。光晟さんがキッチンで後片付けをしている間に、私はソファーの背にもたれてウトウトしていた。今になって疲れが出てきたみたいだ。雲の上にいるみたいにフワフワと良い気分になりかけたその時……インターフォンが鳴った。

「ピンポーン」

深夜に鳴るインターフォンほど怖いものはない。心臓がドキドキする。私は腰を浮かせながら光晟さんを見た。

キッチンから出できた光晟さんは、モニターの前に仁王立ちしている。

「姫野だ。コイツ、どういう神経しているんだろうな。やっぱり頭おかしいわ」

光晟さんは画面に映る姫野先生を放置して、マンションの警備会社へ電話をし始めた。

電話が終わっても、姫野先生は帰る気がなさそうなので、こちらもしばらく様子をみていた。できることなら、この時点で諦めて帰ってほしい。

しかし、私の願いも虚しく、姫野先生はインターフォンを鳴らし続けた。何度も何度も鳴らすので、会話のボタンを押すチャンスが見つからないほどだ。

「はい」

ようやく応対すると、今度は押し黙っている。画面の姫野先生はユラユラと左右に揺れていた。そしていきなり叫び出した。

「女出せよ！　ぶっ殺してやる」

いきなり叫ばれて、心臓が止まりそうになった。怖い……。狙いは私なんだ。殺すだなんて、お酒か薬で酔っているにしても物騒なことを言う。それを聞いた光晟さんが、不敵な顔でつぶやいた。

「ふん、ほざくな。録画されているのがわかってないのか」

光晟さんはボタンを押して話を始める。

「お引き取りください。でなければ警察を呼びます」

インターフォン越しに拒絶をすると、またわめき出す。今度は聞き取れない単語を叫び続けるので、私は怖くて耳を塞いだ。その内に警備員がやって来て、姫野先生はあえなく捕まってしまった。警備員からの連絡で、光晟さんがロビーに向かうことになった。

「警備員に呼ばれたから、ちょっと行ってくるよ。理子、寝ていろ」

「光晟さん、気を付けて……」

光晟さんが姫野先生に何かされたら……と思うと心配でたまらない。光晟さんは手をふって部屋を出て行った。それから一時間近く経ってやっと戻ってきた。

警備員に拘束された姫野先生は、光晟さんを見ると喚き散らして暴れたらしい。仕方なく、警察を呼んで引き渡したと言う。

「姫野は警察で検査を受けるだろう。これでアイツも終わったな」

「終わった？」

「今夜の状態を見る限り、間違いなく何かの薬物に手を染めているはずだ。警察がクサいと判断して医師を呼べば……麻薬常習者を診察した医師には届出義務が発生するから、姫野は一発でアウトだ。医師免許をはく奪されて、地獄の入院生活が始まるだろう」

「えっ……うそ……！」

「本当だ。……理子、おいで」

私は急に怖くなって、体が震えてきた。ただのストーカーを退治しただけではなくて、一人の医師の人生を潰してしまったってこと？　……それを思うと、今回の対応は、はたして良かったのか？　と悩んでしまう。

「結局、姫野先生の将来をメチャクチャにしてしまったの……？」

光晟さんは、私を後ろからきつく抱きしめた。

「理子、お前は実際に危害を加えられて、『殺す』とまで言われたんだぞ。モニター越しであっても、あれは恐喝だ。それに俺も大いに迷惑を被った。結局は薬のせいで、自分自身をまともに保てなくなった姫野自身の責任だ」

「……はい」

「それに、今日くらい焦った日はなかった。目の前でお前がひっくり返って、頭を強打するのを見た時には、全身が一気に冷えたよ。俺が不用意に顔を出したせいだと思うと、自己嫌悪で吐きそうになる」

「光晟さん……」

「理子、無事でよかった」

後味の悪い結果になってしまったけれど、これで姫野先生に悩まされることもなく、また普段の生活に戻れるのだと思うとホッとした。光晟さんとの関係もゆっくりと進んでいくのかもしれない……。仕事はどうするんだ？ と光晟さんに聞かれて、これまで通り仕事をこなして、家業の手伝いもなんとかやっていきます。なんて、答えていたのだけれど……。


翌日、光晟さんと共に、私は実家に戻ることになった。

「ご両親に挨拶をした方がいいだろう」

そう言う光晟さんに、私は頷いたけれど、父がどんな反応をするか見当もつかない。もしかして、ちゃんとした男性と付き合っていることを報告したら、父は喜んでくれる？

それとも、激怒するのだろうか？

「光晟さん、私の父ってね……」

「うん？」

「ワンマン社長で、私が家を継がないって言ったら、援助を切るって言ったりして私との仲は険悪なの。でも、事故や病気をしてからは少しだけ柔らかくはなっているんだけど……」

「俺の従兄からお父さんの噂は聞いているが、なかなか頑固な人物らしいな。理子は四年間頑張って大学を卒業したのか？」

「母から授業料を借りているから、結局は父のお金に頼ったことになるんだけど……でも、バイト代から毎月返済していたし、今もそれは続いているの」

光晟さんが父のことを知っていたなんてビックリだ。私を心配して従兄の向井院長から情報を貰っていたのかしら？　私を心配していたってことなら、素直に嬉しいと思う。それにしても、向井院長の情報収集力ってすごい。

「理子、高松のパーティーで従兄に会ったんだって？」

「お会いしました。一瞬、光晟さんがいる！　って、ビックリしたの。よく似ているんですもん」

「ああ。俺はお袋似だから、当然似るわな。伯父貴と俺と従兄は、同じ系統の顔だ」

「そういえば、もう一人の従兄さんはメチャ濃い顔ですよね」

「アイツも外科医だよ。今度、いとこ連中を紹介するよ」

「……あっ、はい。ありがとう」

サラリと、紹介する……なんて言われて、舞い上がりそうだ。セフレと思っていたら、いつの間にか『付き合っている』ことになっていて、今度はご家族や従兄さん達に紹介だなんて……期待しすぎて先走るのは禁物だけど、正直、光晟さんの大切な人たちにお会いできるのはすごく嬉しい。高松へ向かう高速の車窓から空を眺めながら、私の気持ちは少しずつ晴れていった。

14　父の逆鱗

光晟さんと一緒に、実家の門をくぐり家に入った。

父の療養のために設えた部屋に向かうと、会社の用で松山に宿泊したはずの私が男性と帰ってきたので、父の機嫌がみるみる悪くなった。

母に勧められてソファーに光晟さんと揃って掛けると、父はこちらをチラッと見て顔を背ける。

大切な人を連れてきたのに、大人げない態度をとられて、私はショックだった。

「お父さん、この方は大澤光晟さんとおっしゃって、大学病院の外科医をされています」

光晟さんを紹介すると、父がまたチラリとこちらを見る。身もふたもないとはこのことかもしれない。母がとりなすように光晟さんに話しかけた。

「理子の営業先の先生なんですか？　あの、理子とは？」

「お付き合いをさせて頂いています。今日はそのご挨拶に伺いました」

「まあ、この子ったら。そんなこと何も言わないから……理子、いつからお付き合いをしていたの？」

「いつからって……」

ちょっと微妙な質問だ。それに付き合い始めた時期なんて重要？　私は母の質問に戸惑っていたのだけれど、光晟さんがソツなく答える。

「理子さんがお友達の結婚式に向かわれる最中に出会いまして、その後大学病院で再会してお付き合いが始まりました」

すごい、立て板に水ってこんなことをいうのだろうか？　光晟さんの説明は間違いではないけれど、真実ともちょっと違う。でも私は黙って頷いていた。

そのあとは、光晟さんが自己紹介をした。実家は愛媛県の外科医院。向井総合病院とは親戚で、近いうちに大学病院を退局して、高松で勤務する予定であることなどを話してくれた。

向井病院に勤務する話は初耳だったので、私は驚いたけれど、こちらに引っ越してくれると知って嬉しかった。

「今はなかなか理子さんとも会えませんが、この地に転勤できる日を楽しみにしています」

優等生みたいな態度の光晟さんは、なかなか見ものだ。大学病院にいる時のしかめっ面と百八十度違う、まるで別人。私は口元をひくひくさせて見つめていた。すると、父が急に声を荒らげた。

「理子はタチバナの跡取りだ。養子をとって家を継ぐんだから、医者なんかと付き合う必要はない。交際は諦めていただく。それとも、医者を辞めてウチの養子になる気はあるのか?」

　何という時代錯誤なことを言うのだろう。それに、嫁にくださいなんて一言も言われていないのに。

「お父さん、そんな、お……」

　横暴です。それに嫁とか、早いです。そう言おうとしたのだけれど、光晟さんが口を開いた。

「それは理子さんと僕が決めることです。それに、自分の考えにそぐわなければ、全てを拒絶するというのは狭量ではありませんか?」

「人の家に勝手に来て何を言うか!」

「お父さんっ!」

　父が急に激高した。ありえない。こんなことを言うなんて。父を諫めて振り返ると、光晟さんはすでに立ち上がっていた。

「そうですか……急にお邪魔して申し訳ありませんでした。今日の所は、これにて失礼します」

「お父さんったら、理子の了解も得ずにそんなことを言って……。それに大澤さんに失礼ですよ」

　母がとりなすけれど、父はそっぽを向いてダンマリだ。私は、玄関に向かう光晟さんを追った。

「光晟さんごめんなさい。せっかく来てくれたのに」

「良いよ。理子、ちょっとおいで」

私は光晟さんと共に庭に出た。駐車場に向いながら話を続ける。

「俺もちょっと言いすぎた。これじゃあ、理子に怖い思いをさせたことを謝るどころじゃなかったな。あの事件を知られたら、会うことも止められそうだ」

光晟さんは全然怒っていなかった。単に話にならないから家を出たということのようだ。そう、もともとこういう人なのだ。私は安心して、フーッと息を吐いた。でも、光晟さんにその後きっぱりと言われてしまう。

「お父さんの体も心配だが……。理子、いずれは選ぶ覚悟をしておけよ」

「選ぶ？」

「いろいろだ。実家の家業のことや、小塚製薬、それに俺のこと。親父さんのあの剣幕だと、全てを勝手に押し切られるかもしれないぞ」

確かに、父ならそれくらいのことをしそうな気がする。ある日出社したら、私は退職したことになっていたりして。私は小さく頷いた。


翌朝のこと。退院してからの父は自分のベッドで食事を摂ることが多かったが、今朝は珍しくダイニングにいた。リクライニングの椅子に腰を掛けて新聞を見ている。私が椅子に掛けると、母が言った。

「理子、愛媛の大学病院のお医者さんが禁止薬物使用で逮捕されているけど、まさか知っている人じゃないわよね？」

「ええっ⁉」

光晟さんの予想通り、姫野先生は検査で禁止薬物が検出されたようだった。私は秘密にしていたことをいきなり母に知られたような気になって、しどろもどろになってしまう。

「知っているけど……私は、その、姫野先生の診療科には出入りしていないから……」

「姫野って言う先生なの？　新聞には大学病院の女性医師としか書かれていないけど、理子、どうして知っているの？　もう……気を付けてよね。病院で仕事をしている人が全員まともな人とは限らないってことだから。それにしても、こういう人って多いのかしら」

「そんなことないと思う。人によるんじゃないかしら」

「そんな危ない医者のいる病院に出入りしているのか？　もう、会社も辞めて家にいろ！」

父がいきなり話に入ってきた。光晟さんが嫌いだから医者も信用できないとでも言うのだろうか？　元々ワンマン社長で融通の利かない人ではあったけれど、事故に遭ってから は態度が軟化したと感じていただけに、父の暴言に私は戸惑ってしまった。穏やかに過ごしているかと思うと、今のように豹変することがたまにある。まだ六十代なのに、もう認知症がはじまっているのかと疑ってしまいそうだ。

「伯父さん、病院が危ないなんて言いだしたら、どこにも外出できなくなりますよ」

「佑樹さん！」

　佑樹さんがスーツ姿でダイニングに入ってきた。私は援軍を得た気持ちになって、ホッとした。

「佑樹さんおはよう」

「おはよう理子ちゃん。朝から何の騒ぎ？　病院がどうして危ないって話になっているの？」

「理子が出入りしている大学病院の医師が、薬物で警察沙汰になったらしい。それより佑樹、東京へは何時出発だ？」

「九時の岡山行きで向かいます。週末には戻ってくるつもりです。新しいショップもオープンに向けて着々と工事が進んでいるので、写真も撮って帰りますね」

「頼むぞ」

　佑樹さんのおかげで両親の追及から逃れることができた。……それにしても、佑樹さんという立派な後継者がいるのに、どうして父は私に固執するのだろう？

　微妙な話題だし、今までは答えが怖くてこういう話を佑樹さんとしてこなかったけれど、一度きちんと話をしたほうが良いかもしれない……私はそう考えていた。

「理子ちゃん、付き合っている人を連れてきたんだって？」

　光晟さんの話題をふられて、私は飲みかけのお味噌汁をむせそうになった。

「……聞いてたの？」

「伯母さんから聞いたよ。別ルートでも小耳に挟んだんだけど、腕の良い外科医で大学病院の名物ドクターだって？」

　名物ドクター……光晟さんを言い表すのに、名物ドクターだなんて優しすぎる言い方だと思ったけれど、そこは黙っておこう。それにしても、昨日の今日なのに早速光晟さんの噂を入手するなんて、佑樹さんって、地獄耳。

「うん。腕が良いので有名みたい」

「腕のいいドクターで向井病院の親族なら、問題なんかどこにも無いんじゃないかな。ねえ伯母さん」

「そうねぇ。でも、お父さんが……」

「理子は嫁にやらん」

　まだ言っている。あまりにも頑なな父の態度に頭痛がしてきた。

「お父さん、結婚だなんて一言も言ってないでしょう。お付き合いをしていますって報告をしただけなのに」

「養子に入る気がないなら、付き合いは許さん」

　これではお手上げだ、私は肩を落として俯いた。

「理子ちゃん、ちょっと」

　佑樹さんに呼ばれて箸を置いた。ダイニングを出て、玄関ホールに向かう。佑樹さんは小声で話を始めた。

「理子ちゃん、伯父さんは強気なことを言っているけど、本当は心配でたまらないだけだと思うよ」

「心配?」

「自分が前みたいに動けないし、体調も良くないからね。おまけに、理子ちゃんがどこかに行ってしまうんじゃないかって、とても不安なんだよ」

「だから、光晟さんに養子に入れなんて言うのかしら?」

「……まあ、そうだね。物理的にそばにいないことも不安だけど、とにかく誰かに取られるのが嫌なんだよきっと」

「子供みたいね」

「ふふっ、そうだね。僕は結婚に反対はしないけれど、理子ちゃんにいずれはタチバナの経営に関わってほしいと思っているんだ。そこのところは伯父さんと同じなんだよ」

「どうして? 佑樹さんが社長になって会社を存続してくれれば、それで丸く収まるんじゃないの?」

ずっと不思議だった。後継者として申し分のない人なのに、どうして父はこのことに関しては佑樹さんを蔑ろにするのか? 私はこの機会に、やっとそれを佑樹さんに聞くことができた。

私の問いに、佑樹さんは遠い目をして薄く笑った。

「理由は……あるんだよ。僕はいつかタチバナを離れる時が来るかもしれないんだ。だから伯父さんは、理子ちゃんにタチバナの経営に加わってほしいと言い続けているんだよ」

「離れるって……こっちの大学に入るために、家にきた時からずっと、父に付いていろいろ勉強していたじゃないの。どうして離れなきゃいけないの？」

「かもしれない……って言うだけで、絶対というわけじゃないんだ。理子ちゃんが経営に加わってくれれば、タチバナにとっては大きな『保険』になることは確かだ。僕もそれを望んではいるんだけど……理子ちゃんが決めることだから、無理強いはできない。それとも、僕が理由を話したら考え直してくれる？」

「理由にもよると思うけど……。佑樹さんがそこまで言うのはよほどのことだと思うから、ちゃんと話を聞いてから決めたいと思う」

「うん。じゃあ、僕が出張から帰ってきたら、話をしようか」

「はい」

不安な気持ちを隠して私は頷いた。佑樹さんには、なにか深刻な問題があるのかもしれない。それはたぶん、私だけが知らないこと。

佑樹さんの秘密、光晟さんとの交際を認めない父、そして姫野先生の事件……。これまで壁にぶつかるたびに必死に乗り越えてきたけれど、大学を卒業して就職してもやっぱり楽にはならないものなんだなぁ……と、ため息が漏れる。

（ううん、大丈夫。私なら頑張れる）

そう自分に言い聞かせて前に進むしかない。父がいきなり大学の授業料を出さないと言い出した時にも、なんとかしのいだ。まあ、母の手助けがあってのことだけれど。それでも、四年間必死にバイトをして卒業できた成功体験は、私の小さな自信につながっている。


会社に行くと、田中先輩がすぐに駆け寄ってくる。

「立花、大丈夫か?」

「先輩、ご心配をおかけしました。ちょっと所長にも挨拶してきます」

「俺があらかた説明しておいたから」

「あ、ありがとうございます」

所長室では、怪我をしたことを私から連絡していなかったので、叱られるかと思ったら逆に心配されて、申し訳ない気持ちになった。仕事絡みとはいうものの、今回は酒が入っているので労災には当てはまらないらしい。診断書の提出はしなくても良いと言われたので、ひとまず安心をした。


佑樹さんの出張から数日が経った。父の容態は小康状態だが、社長業への復帰は未だ難しい。父の体は病気のデパートみたいな状態で、血圧が高く、血糖値も正常範囲を超えている。おまけに、高脂血症、痛風、狭心症など……。骨折の後遺症もあって、今までのようにキビキビと歩くことは難しい。今は杖を使って室内を移動している。薬も沢山処方されて、朝昼夕と飲んでいる。また、心臓の病気が原因の脳梗塞や、腎臓の悪化などに気を付けるようにと、医師からはきつく忠告されてしまった。

　私はタチバナの手伝いからは外れることができたけれど、母は社長代理として対外的に動き回り、実質父の仕事を引き継いでいるのは佑樹さんだ。佑樹さんは目が回るほど忙しいはず。母が毎日仕事で自宅を離れるので、最近ではもと看護師の女性に日に二回来てもらい父の容態のチェックもしてもらっている。その他には、以前からいてくれている家政婦さんが付いていてくれているので、かろうじてやっていけるけれど、母は本心では、私が家業を手伝うことを期待している。父は相変らず、仕事を辞めろ、光晟さんと別れろと煩い。朝夕に言われ続けて、今ではBGMだと思うようになってきた。

　会社が用意してくれたマンションに戻らずに実家で暮らしているのは、そうすれば両親が安心するからだ。これでも孝行をしているつもりだけれど、親にしてみれば全然足りないのだろう。

　今週末は、光晟さんの仕事が忙しいので、日曜の昼間だけ一緒に過ごす予定になっている。私はそれだけを楽しみに父の口撃を我慢している。そんな金曜の午後四時、私は営業先から会社に戻って報告書を作成していた。机に置いたスマホに着信があったけれど、自宅からだったので一段落してから連絡しようと放置していた。

　すると、私のデスクに電話がかかってきた。

「はい。小塚製薬、立花でございます」

「理子っ」

「……お母さん?」

会社に電話などしたことのなかった母が、焦った口調で私の名を呼ぶ。父の容態でも悪くなったのかと一瞬ドキッとした。

「急にどうしたの?　お父さんの容態が悪くなったの?」

「携帯に出ないから、会社に電話しなさいって、お父さんが……。今、テレビを観て激怒しているのよ」

「えっ?　ちょっと待って、すぐにかけ直すから」

隣で怪訝そうな顔をしている田中先輩に声を掛けると、私は携帯を持って事務所から出た。急いで自宅に電話をする。テレビがなんだというのだろう?　意味不明だ。そんなことで電話してくる母もちょっと変だと思った。

母がすぐに電話に出て、経緯を教えてくれた。

「午後のワイドショーに、何とかっていう先生が出たのよ。現役小児科医師が危険薬物所持で逮捕って」

「新聞にも出ていた件でしょう?　どうして今さらお父さんが激怒しているの?」

「過去に交際していた外科医O先生に執着して、その恋人Tさんに乱暴したって……院内でそんな噂が広まっているとか。小児科医のスキャンダルを面白おかしくレポーターが話しているのをTVで観て、お父さんがいきなり、外科医O先生は大澤さんで、恋人Tは理子のことじゃないかって言いだしたのよ。そのうちに大澤さんが元凶なんだって、怒り出して……」

「そんな……どうして？」

　私は、強く『違う』とは言えないことが悔しかった。姫野先生の暴走に巻き込まれただけなのに、光晟さんが父に誤解されているのがつらい。

「なんでそんな発想に至ったのかは、私には理解不能なんだけど。お父さんたら、最近特に我慢ができない性格になってしまって……。お母さんもう、どうしたら良いか……このTさんって、理子のことじゃないわよね？　お父さんの妄想よね？」

「ち、違うと思うけど」

「何、その自信のない言い方は！　理子、貴女が接待の翌日に、いきなり大澤さんを連れてきたのだって、私は不思議に思っていたのよ。恋人がいるなんて一言も言ってなかったし、おまけに、お父さんは頑なで言うことを聞いてくれないし、会社や佑樹さんのことだって……もう私はどうしたらいいの？」

　電話で話している間に、感情が昂って母が泣き出してしまった。電話越しに泣かれると、私はどうしていいのかわからない。

「お母さん、仕事を早く切り上げて、帰ったら話をするから。ね、泣かないで」

　報告書を急いで書き上げて、私は実家に戻った。どうしてこんな事態になってしまったのだろう？　なんだって父はワイドショーなんかを見たのだろうか。

　私は、どうすることが一番良いのか、迷っていた。もし全てを正直に話したら、母は合点がいったと思うだろうけれど、父はそうはいかない。……ならば、先に母に説明した方が良いのだろうか？

実家に帰ると、母は玄関ホールに立って私を待っていた。

「お父さんは？」

「どこかに電話をしていたわ。理子、ちゃんと説明して」

私は母を自分の部屋に連れて行って、姫野先生との経緯を話した。光晟さんが執着されて困っていたこと、ストーカー行為をされていたこと。私が飲み会の夜に姫野先生に腕を引っ張られて後頭部を打撲して病院に行ったけれど大丈夫だったこと。そして、光晟さんが姫野先生を最終的に警察に突き出したこと。

「……光晟さんと姫野先生の接点は同期だったってことだけなの。本当に勝手に好かれて困っていただけ。そして私は逆恨みされていただけなのよ。薬物とか、私達は無関係だから」

しかし、これを父にそのまま説明したらまた激怒するだろう。母は、私の説明を聞いて、呟いた。

「大澤さんとお付き合いをしていなかったら、姫野っていうドクターに恨まれなかったんでしょう？」

「そうだけど、でも！」

「私は『別れなさい』なんてことは言わないわ。理子が誰とでも軽くお付き合いする子じゃないのはわかっているつもりよ。大澤さんがちょっとその辺にいるような人じゃないこともね。ただ、お父さんを説得するのは苦労なのよ。貴女への援助を切ると脅してまで、跡を継がせたかった人なんだから」

「佑樹さんがいるのに……」

「理子、事情を話したらタチバナを継いでくれる？」

「佑樹さんが、いつかタチバナを離れる時が来るかもしれないって言ったんだけど、それと関係あるの？　出張から帰ってきたら、話してくれる約束をしたの」

「そうだったの？　私もお父さんも、理子の意思で会社を継いでほしかったから、佑樹さん達家族のことを今まで黙っていたのよ。でも、佑樹さんが話す気になったのなら私は止めないわ」

　母の言葉を聞いて、私は増々気になってきた。佑樹さんにどんな秘密があるというのだろうか？

「お母さん、佑樹さん達家族のことって……何？　教えてちょうだい。気になってしかたがないから」

「……わかったわ。お父さんが下で待っているから手短かに話すわね」

　発端は、佑樹さんのお父さんの失踪だった。私の父の弟さん。私は会ったことはないのだけれど、今も存命で愛媛の病院に入院されていると聞いている。

失踪してから数年後に見つかった叔父さんは、ある病に罹って保護されていたと言う。それは遺伝性の難病で、末路は悲惨なものらしい。

「ハンチントンという病気なの。舞踏病とも言うらしくて、進行するとまるで現代舞踊みたいなおかしな動きが止められなくなって、やがて動けなくなり死に至るのよ」

「遺伝性って……じゃあ佑樹さんは？」

「検査をしていないから、遺伝しているかどうかはわからないのよ。お父さんは検査をして、その因子を持っていないことがわかっているわ。だから理子は大丈夫よ。佑樹さん達は、検査をするのが怖いと言って受けていないのよ」

それは怖いだろう。万が一陽性だったら……絶望的だ。

「だから、タチバナにいられなくなるかもって言ったのね」

「そうよ。だからお父さんは、理子に固執しているの。親族が継いでくれないなら、こんなにも頑張ってきた甲斐がないと言ってね」

佑樹さんには双子の兄弟がいるのだけれど、彼は東京で企業の要職に就いているからタチバナに来てもらうのは無理だろう。というか、佑樹さんが陽性だとすると、双子の片われも陽性の可能性が高い。佑樹さん兄弟と私の他に、父の親族はいない。

母とまだボソボソと話をしていると、下階から父の怒鳴り声が聞こえた。

「洋子、どこにいるんだ！　理子は帰っているのか！」

「お父さん、いま行くから！」

母は返事をすると、私の手をガシッと握った。

「理子もお父さんのところに行くのよ！　私もなんとか助けるから、お父さんと話をしなさい」

やっぱり逃れられなかった……。私は重い足を引きずって母と下階に向かった。

「姫野さんというのは、新聞沙汰になったドクターだろう！」

父は私の顔を見るとすぐに口火を切った。というか、詰問口調なのがつらい。父はリビングのソファーに前のめりに腰掛けていた。私たちが降りてくるのを今か今かと待っていたのだろう。

「はい……」

「飲み会に参加した時にお前に危害を加えたと聞いたが、本当か？」

「えっ？　お父さん、誰がそんなこと」

「さっき電話でお前の会社の上司に聞いた。大澤さんが挨拶に来る前の日のことだと聞いたが、どうして黙っていたんだ！」

「心配をさせたくなかったから……。それに大した怪我じゃなかったし、言う必要はないと判断したのよ」

父の顔は真っ赤で、沸騰寸前になっている。こんなに興奮しなくても良いのにと私はハラハラしてしまう。

「……腕を引っ張られたので、私がよろけて頭を少し打っただけです。病院に行ったけど、本当に何ともなかったのよ」

「運が良かっただけだ！　お前は、タチバナの跡取りなんだぞ。危ない目に遭うようなら、仕事は辞めろ。それから大澤さんとも別れろ。医者なんてロクなもんじゃない」

あっけにとられて言葉も出ない私に、父はなおも言葉を続けた。

「お前の上司にも辞めると話しておいた。社員も守れない会社なんて、明日から行かなくていい」

光晟さんが心配していたことが現実になってしまって、私は目の前が真っ暗になる。

「お父さん、どうしてそんなに突飛な発想をするの？　ありえない……」

自分の勝手な主張を押し付ける父に対して、怒りのあまりに体が震えてくる。この震えは、ぜったいに恐れからじゃない。

「お、お父さん、私は成人した大人です。大学だって自分の力で卒業しました。せっかく手に入れた私の人生を、あなたにメチャクチャにされたくありません」

「自分だけの力で卒業したと思うな！　お前に貸したことになっているお金だって、元々俺が出したんだぞ」

私は、震えながら、父に反論した。

「でも、ちゃんと毎月返しています！　私が家にいるのは、お父さんが心配だからなんですよ。そんな無茶を言うなら、今すぐ出て行きます！」

「お前は親を見捨てるのか！」

わが父親ながら、えげつない交渉術だ。仕事も恋愛も諦めて親の言いなりになれだなんて、私を牢獄に閉じ込めたいのかと疑いたくなる。ありえない。本当に無理だ。

「私は会社を辞めませんし、光晟さんとも別れません！」

そう言い捨てて、リビングを飛び出した。父は廊下まで追って出てきた。杖なしだから、ヨロヨロと今にも転倒しそうに見える。私は思わず引き返しそうになってしまう。

「お父さん、危ないから杖無しで歩かないで」

「理子、親を棄てて男を選ぶのか！」

痛い所を突く……。必死に威厳を保とうとしているけれど、卑怯な手で、弱々しい声で、私を引き留めようとする。嫌悪感でいっぱいになりながらも、身を切られるような悲しみで、胸が痛い。

どうして、こんなに私を支配しようとするのだろうか？

「理子」

母が、キッチンから出てきた。

「今すぐ出て行くのは止めて。お父さんがまた倒れてしまうわ」

「お母さんまで、やめて」

「何言っているの！　あなただって、仕事を休んでウチの会社を手伝ってくれたじゃないの。今出て行ったらお父さんの体調はどうなるかわからないわよ。おまけに、私達が今まで頑張ってきたことが全部無駄になってしまうのよ」

「そんな……」

結局出ていくことができずに、私は自室に上がった。会社に電話をして、所長から事情を聞く。

「すみません。父が失礼なことを……」

「いや。お父さんのおっしゃることはもっともだよ。でも、立花さんの意見も聞かずに仕事を辞めさせるという主張には反対したけどね。明日僕は会社に出ているから、何かあれば連絡してもらえる？　とにかく、家族できちんと話し合いをしなさい」

「ありがとうございます」

上司との電話を終えると、スマホをベッドに置いてゴロンと横になった。

（あぁ……もう、信じられない。どうしてこうなってしまうんだろう）

父の凝り固まった考えを覆す策など、何も思いつかない。出てくるのはため息だけだ。

（どうしよう……光晟さんに電話をしたい。でも、仕事中だから出てくれないだろうな）

どうしても話がしたくて、メールを入れた。父の言うことを聞く気はないけれど、このままではどんどん悪い方向に向かいそうな気がする。

『お時間のあるときに電話を下さい』

アドレナリンが出た後はとても疲れる。かく言う私もそのまま寝入ってしまった……ブルブルと震えるスマホの振動で目が覚めた。

ハッと気が付いてスマホを手に取る。光晟さんからだった。急いでタップをして耳にあてた。

「理子」

「こ、光晟さん」

声を聞いたら、目の奥がツンと痛くなって涙が零れた。鼻をすすってしまって、光晟さんが怪訝そうな声で問いかける。

「泣いているのか？」

「ううん。あの……ごめんなさい、忙しいのに」

「いや、今は車の中だ。仕事の合間に何度か電話したんだが」

「……ごめんなさい、寝ていました」

「何があった？」

「あの……っ……！」

光晟さんには似つかわしくない、気遣うような優しい声を聞いて涙が止まらなくなった。

「理子？」

「てっ、ＴＶのワイドショーで姫野先生の事件が報道されて、それを観た父が光晟さんと別れろって……。会社も辞めろって言うの。断ったら、お、親を棄てるのかって……」

ずいぶん、聞き取り難かっただろうと思う、私は過呼吸みたいな状態だったし、涙も止まらなかったから。光晟さんは辛抱強く話を聞いてくれた。

「今、どこにいる？」

「実家の自分の部屋にいます」

電話の向こうで、一つ大きな息が漏れた。

「……で、お前はどうしたいの？」

「わ、わたし？」

「親、会社、俺、どうすんの？」

こんな時も、くっきりと冷静な光晟さん、憎たらしいくらい。頼ろうとする私の気持ちがわかっていて、こんなことを言うのだ。自分で決めないと後悔が残ることを知っているから。

「全部、諦めたくない」

「……そっか。じゃあ、仮定だけど、三つの中で一つだけ選ぶとしたら？」

「……」

「理子、試しに選んでみろよ」

「……」

普段は私に優しいはずの光晟さんが、仕事の時みたいに今夜は厳しい。

頭ではわかっている。自分で選択しないといけないことを。でも……つらい。どれ一つとして、捨てることなんてできない。大学時代、必死にバイトをして学費を稼いで卒業した。ようやく優良企業に就職できて、飛び上がるくらいに嬉しかったこと。厳しい父だけれど、それでも私の親だ。佑樹さんの事情を知ってしまうと、家を継ぎたくないと簡単に拒否できなくなってしまった。そして、光晟さん……。

こんなに厳しくて情け容赦がない人だけれど、大切な人。それに、本当は優しい人だと私だけは知っている。

「泣いてもダメ、答えろよ」

「意地悪。どうして、そんなことを言うの？」

慰めてもくれない光晟さんに思わず泣き言を口にした。

「俺は意地悪じゃない。理子……選んでくれ」

「……光晟さん？」

「なあ理子……、選んでくれ」

まるで、『何よりも、俺を選んでくれ』そう乞われているように聞こえた。私は、声を絞りだして答えた。

「光晟さんを、選びます」

スマホ越しに、フッと小さく吐く息を確かに聴いた。

「……じゃあ、行くから待っていろ。何時になるかわからないけど、必ず行く」

15　理子　奪還

母が部屋の外から食事だと声を掛けてきたけれど、出ていく気にならなかった。それからしばらくして、部屋のドアをコンコンと叩く音がした。

「理子ちゃん、佑樹だけど」

「あ……」

佑樹さんとは、今日話をする約束だった。私はドアをそっと開けて顔を出す。佑樹さんがネクタイを緩めたスーツ姿で立っていた。

「佑樹さん、お疲れ様です。東京から帰ったのね」

「うん。さっき伯母さんから聞いたよ。伯父さんと大喧嘩したんだって？」

「大喧嘩って……そんな可愛いものじゃない気がする」

私は、父の勘が当たりまくって、責められたことを話した。そして……。

「佑樹さん、少しだけお母さんから聞きました。叔父さんが遺伝性の難病だって。だから、タチバナにはいられなくなるかもって言ったのね」

「うん」

「検査は……怖い、よね？」

「はっきり知ってしまって、いざというときに困らないように用意をするのが正しい生き方かもしれないけど……僕はこのまま何もせずに、発病から逃げ切りたいと思っている。結局、弱虫なんだよ」

　佑樹さんの言葉に、私は大きく首をふった。

「佑樹さんは弱虫なんかじゃない」

「弱いよ。理子ちゃん、僕はビクビクしながらでも、陰性だと信じて生きていたい。一生結婚はしないだろうけどね……」

「佑樹さん……」

　さっきとは意味の違う涙を、私はまた流していた。私の知らない所で、佑樹さんがこんなつらい思いをしていたなんて……そして私は、父に自分の意地を通すことしか考えていなかった。

「父親が発病した場合、子供の発症年齢は若くなるから、もう少し、もう少ししたら逃げ切れる……って思っているんだ。それにしても……伯父さんはすごいよ、迷わず遺伝子検査をしたんだから。それはたぶん、理子ちゃん達のためだったんだと思うよ」

「私達？」

「伯母さんや、理子ちゃんの将来を心配してのことだったんじゃないかな。もし陽性なら、自分が元気なうちに、理子ちゃんにしてあげたいことが山ほどあるだろうからね」

「佑樹さんの言う通りなら、ありがたい決断だったと思うけれど。お父さんは、私に厳しすぎるし、執着しすぎだわ。会社も辞めろ、嫁にもいかせないとか平気で言うし」

「そうだね。交際を反対するのはたぶん、まだ嫁に行ってほしくないっていう父親のエゴのような気がするけど、それだけ理子ちゃんが可愛いんだよ」

「佑樹さんったら……。お父さんが私を可愛がっているなんて、ありえないわ」

「ふふ……伯父さんに似て頑固だね。理子ちゃん、僕が仕事を続けられなくなる可能性は五十パーセントなんだ。だから、本気でタチバナのことを考えてほしい」

「佑樹さん……」

佑樹さんの気持ちはわかる。父が私をタチバナの後継者にと望んだ理由もわかった。でも……。

「どうしてもっと早く教えてくれなかったの？　こんな深刻な話なら私だって……」

「理子ちゃんは都会に出たがっていたし、伯父さんとの確執は深くて、何を言っても言うことを聞いてくれる可能性は低かったからね。それに、理子ちゃんには一度は外でノビノビと仕事をして、一回りも二回りも成長してタチバナに戻って来てほしいと願っていた。だから僕は、まだ言うタイミングじゃないと思ったんだ。でも、伯父さんが事故に遭ったことから体調が悪いことが発覚して、もしかして今なら！　って、正直思っている。本気で考えてほしい。製薬会社に入社早々に退職だなんて、会社には申し訳ないとは思うけどね」

佑樹さんとの話の最中に、スマホがブルブルと震えてメールの着信を告げた。

『あと十分で着く』

私は、スマホをバッグに入れると、佑樹さんに告げた。

「もう少ししたら大澤さんが来ます。親を棄てるのかってお父さんには言われてしまったけど、私は光晟さんと別れたくないの」

「伯父さん、そんな言い方をしたんだ。どうしてだか理子ちゃんのことになると、分別がきかなくなるんだね。良かったら、僕も話し合いに入ってもいいかな？」

「はい。冷静な佑樹さんがいてくれたほうが良いと思う」

今は午後十時。私は忍び足で階下に向かう。家の中は静かで、キッチンから母と家政婦さんの話し声が聞こえている。リビングの灯りが廊下に漏れて、ＴＶの音も聞こえる。父が佑樹さんと一緒にいるのだろう。いつもと変わらぬ夜の風景。また、私の目に涙が滲んでくる。最悪の場合、私は親を捨てて家を出ていくのだろうか？　普通に光晟さんとお付き合いをして、仕事を続けて、休日には親の世話やタチバナの手伝いをする。最近の日常となりつつあったこの生活を続けることがなぜ許されないのか？　佑樹さんの件があるにしても、父の言うことは、私には受け入れがたかった。

音を立てずに外に出て光晟さんを待つ。しばらくするとＳＵＶが静かに敷地に入ってきた。すぐにライトとエンジンが消され、重いドアの音と共に、光晟さんが暗闇からこちらに向かってくる。

「理子」

私は芝生を横切って、光晟さんの元に走った。側までたどり着くと、腕を取られて引き寄せられる。強い力で抱きしめられて体が密着する。暖かくて固い体に寄り添うと、肩の緊張が抜けてホッとした。ふと物音がして、光晟さんが身じろぎをしたのがわかった。

「誰だ？」

警戒した声で光晟さんが問う。私は光晟さんの腕の中で、近寄ってきた人物に顔を向けた。佑樹さんだった。

「はじめまして、僕は理子ちゃんの従兄の立花佑樹と言います。大澤さん、よろしければ二人だけでお話ができませんか？」

「話？　どうせ中に入って、理子の父上と会うんだから、そこですればいいと思うが」

「いいえ。伯父さん抜きでビジネスの話を……」

「ふうん？」

佑樹さんの唐突な提案に、光晟さんが興味を引かれたようで、二人は連れだって門外に向かった。私は光晟さんの車に入るように言われ、おとなしく助手席で待つことになった。意外な展開に私は戸惑っていた。佑樹さんはビジネスの話をするなんて一言も言っていなかったからだ。

（うっ……すごく不安。佑樹さん、どんな話をする気なんだろう？）

しばらくすると、二人が車まで戻ってきた。光晟さんは助手席のドアを開けると、私に声をかける。

「理子、行くぞ」

自分が呼んだくせに、今から光晟さんと父の戦いが始まるのかと思うと怖くなってきた。

「このまま光晟さんのマンションに行くとか……ダメかな？」

弱気になった私に、光晟さんは凄味のある笑顔を向けた。

「理子、お前をかっさらっていくにしても、挨拶はちゃんとしないとな」

そう言うと、私の手を握りいつも通りの余裕のある足取りで玄関をくぐった。その後から佑樹さんが付いてくる。

「え……理子？　まあ、大澤さんまで」

応対に出てきた母が、光晟さんと連れ立っている私を見て、目を丸くして立ちすくんだ。

「夜分に恐れ入ります。理子さんから連絡を頂き、駆け付けました。お父様とお話をさせて頂けませんか？」

「まあ……内輪のもめごとで、ご迷惑をお掛けして申し訳ありません。主人はまだリビングにおりますので、どうぞ」

母に導かれて光晟さんは入って行く。その間も私の手をしっかりと握っていた。

入ってきた私達を見て、父はソファーから腰を浮かせたまま固まっていた。

「夜分に申し訳ありません。どうぞ、そのままで……」

「君は……本当に傍若無人な男だな……。まあ、とにかく座りなさい」

椅子を勧める父に、光晟さんは立ったまま話を切りだした。

「いえ、すぐにお暇しますので……」

光晟さんはそう言うと頭を下げた。

「先日、私の元同僚が理子さんに危害を加えるような事件が起こってしまったことをお詫び申し上げます。私もそれを防げなかったことで自分を責めておりました。しかし、それと理子さんの仕事や結婚は関係ありません。娘の意思を無視して家に縛り付けようとするのは、親であろうと許されるものではないと存じます。全ては、理子さんの決断に任せるべきです」

「何も知らない者が、えらそうな口をきくな。そんな話をしにきたのなら、今すぐ出ていきなさい」

父は前回と同じように、プイと横を向いて腕を組んだ。しかし光晟さんは落ち着いた表情で言葉を続ける。

「前回こちらに伺った時に、養子に入れば理子さんとの結婚を許して頂けるとお聞きしましたが、生憎私は長男ですのでそれはできかねます。今日、理子さんから『私を選ぶ』と言葉を頂きましたので、今夜頂いて行きます」

「なっ？　何を言っているんだ、君はっ！」

「理子！　どういうこと？」

え、私今夜頂いていかれるの？　と、寝耳に水だった。光晟さんのマンションに向かうことは想定していたけれど、なんとなくニュアンスが違う気がする。これからどうなるのだろう？　私は緊張して、肩に掛けたトートバックをギュッと握った。

「理子、挨拶を」

光晟さんはリビングの入り口から微動だにせず、私の背を少し押して挨拶を促した。右側に立つ光晟さんを見上げると、軽く口角を上げている。その背後に立つ佑樹さんの顔も見えた。

「お父さん、お母さん、お世話になりました」

震える声で挨拶をして、深く頭をさげた。私を隣でジッと見ていた光晟さんは、私が顔を上げると、後ろに立っていた佑樹さんに軽く頭を下げた。佑樹さんも軽く頷いている。

「失礼します！　とは言っても、理子さんも仕事があるので、月曜にはこちらにお返しします。お父さん、今夜よく考えて頂きたい。私は親子の縁を切れと理子さんに望んでいるわけではありません。しかし、娘を思うあまり、極端に理子さんを追い詰める貴方のやり方には賛成できません。それでは失礼します」

そう言うと、私の手を引いてそのまま玄関に向かった。

「理子っ、行くな！」

弱々しい声を絞り出して、父が立ち上がった。フラフラする父に駆け寄ろうとした私に、光晟さんはふり返り、きっぱりと言い切った。

「理子、行くぞ」

そうして手をスッと差し伸べてくる。……その手を取ると、強い力でギュッと握られた。

(そう……私は光晟さんを選んだのだ)

片腕で抱き寄せられたまま、歩いて玄関に向かう。

「理子、荷物はそれだけか?」

耳元で尋ねられコクリと頷く。後を付いてきた佑樹さんに、光晟さんは早口で声を掛けた。

「万が一ご両親の具合が悪くなったら、すぐに向井病院に電話をして下さい。院長には私の親族になる方だと伝えているので、すばやく動いてくれます。……たぶん、何事もないとは思いますが」

「わかりました。理子ちゃん、心配はいらないよ。僕もお父さんを説得するから」

「佑樹さん、よろしくお願いします」

追いすがる父の顔が目に焼き付いて、どうしてだか涙が滲む。光晟さんの運転する車は、追い立てられるように加速し、高速に向かった……。

私がいつまでも泣き止まないので、叱られるかと思っていた。光晟さんはコンビニの駐車場に入ると、エンジンをかけたまま、シートを倒して大きく伸びをする。

「理子」

「はい」

「……おいで」

そう言って、私に手を差し伸べる。

この車は広い。私は、呼ばれるままに運転席に移った。

光晟さんの上に、覆いかぶさるように横たわって、肩に手を掛ける。涙は止まったけれど、まだしゃくりあげている私の髪を光晟さんはゆっくりと撫でてくれる。

「お前、今日、親を棄てたのわかってる?」

(うっ、傷をえぐるようなことを……)

私がコックリ頷くと、

「俺を選んだってことも、ちゃんと理解している?」

そう言って念を押す。私は、顔を上げて光晟さんを見た。

光晟さんは真剣な顔で私を見つめている。

「だから、私はここにいるの……わかっています」

「ホントに?」

私は頷いた。

「印鑑は今持っているか?」

「はい?」

キョトンとした私を、光晟さんは射抜くような目で見つめる。仕事の時のような、真剣な眼差し。私は助手席に移ってバッグの中から貴重品ポーチを取り出した。

「はい。ありますよ」

「よし」

そう言うと光晟さんはすぐに発車した。思っていた方向と違うので、どこかに寄って松山のマンションに向かうのかと思っていた。

それにしても、印鑑なんて何に使うのだろう？　不思議に思っていたけれど、実家での光晟さんと父との会話が気になっていたので、そちらを先に聞いておこうと思った。だって、理子さんを頂いて行きます。なんて、嫁に貰うってことだよね？　でも私はプロポーズをされた覚えがないのだ。

『光晟さん、お尋ねしますが、私は貴方にプロポーズされましたっけ？』そう聞いたら、怒るかな？　なんて答えるのか聞いてみたい。私はその誘惑に勝てなかった。

「光晟さん？」

「ん？」

「あの、私達って結婚するの？」

「しないの？」

「うっ」

「お前さぁ、四～五時間前に、三択で俺を選んだだろう？」

「さ、三択って……」

「俺を選んだってことは、そういうことなんだよ」

光晟さんの発想に度胆を抜かれて、私の涙は完全に乾いてしまった。

「まったく、理子はニブイからな」

と、ぼやかれる始末。そうだよね、この人はそういう人だ。

そう言えば、佑樹さんと、どんな話をしたんだろう？　二人の短い密談も気になる所だ。

「佑樹さんと何を話していたの？」

「あー、お前の両親のことと、仕事の話。それと名刺交換」

「え……っ、仕事？」

仕事の話など、必要なのだろうか？　不思議すぎてオウム返しに尋ねてしまった。

「お前の両親への説得を頼んだ。それの見返りに、タチバナと向井病院が協力しあえることがあるかもしれないから、院長を訪ねろとも言っておいた」

「それって……」

「ああ、面倒なことを頼むから極上の飴《あめ》をちらつかせた。お前の従兄は理解が早くて助かる」

「……」

男同士の密約に、無常な大人の世界を垣間見た気がした。それにしても結婚をするというのに、この男にはロマンチックな所が一つもない。それはわかっていたのだけれど……味気なくて、内心で泣けてくる。

（今日はよく泣く日だなぁ）

一人で悲しみに浸っていると、車が光晟さんの高松の定宿であるホテルの駐車場に入っていく。

「光晟さんのマンションに帰るんじゃないの？」

「明日は向井病院で仕事があるんだよ。朝イチでまたオペだ。ほら、理子降りるぞ」

「あ……そうなんだ」

　部屋に落ち着くと、ホッと息が漏れた。光晟さんがバッグからバインダーファイルを取り出し私にポンと渡す。万年筆も渡された。

「理子、妻になる人の欄に名前と生年月日、それと住所と本籍を書いて印鑑を押してくれ。他にも記入欄があるから漏れなくな。あ、一枚しかないから間違えるなよ」

「え？　うわあっ！」

　そこには……婚姻届けが入っていた。思わず閉じて、ファイルを胸に押し当てる。電光石火の早業って言うの？　それにしても、仕事早すぎでしょう!?　私はもう一度開いてまじまじと書類を見つめた。証人欄には玉井先生の名が入っている。

（なんて準備のよい……）

　私の考えを読んだのか、光晟さんが説明をしてくれる。

「お前の連絡を受けてから、玉井さんに電話をした。雑誌の付録に婚姻届けがあるのを知っているか？　玉井さんの嫁に全部用意してもらって、お前の家に向かったんだ。明日の夕方愛媛に戻って、俺の親にもう一人の証人になってもらう。だから理子は、俺が向井で仕事をしている間に、役所で戸籍謄本を貰ってくるんだぞ」

「戸籍謄本……」

ベッドに腰かけて、ボーッとしている私に近づくと、光晟さんはチュッと軽いキスを落とした。

「親父さんに理子を監禁でもされたら厄介だ。お前を奪われないように、できるだけ早く夫婦になっておきたい。明日には夫婦だ。……おい、理子、そんなにポカーンとアホ面さらしていると、押し倒すぞ。ほら、さっさと書く」

「はっ、はい！」

押し倒してくれても良いのに。そう思ったけれど黙っていた。間違えないように必死に書いていると、自然と頬が熱くなる。

(これが婚姻届け……。私、本当に光晟さんの奥さんになるの？)

感慨に浸っていると、光晟さんがルームサービスのメニューを開いてブツブツ言っていた。

「鯛のだし茶漬けにするか……理子は腹減ってないのか？」

「……あ、食べますっ！」

父との喧嘩の後ずっと部屋に籠っていたから、昼から何も食べていない。今まで空腹に気が付かなかったけれど、鯛のだし茶漬けと聞いてお腹がグーッと鳴った。光晟さんが注文している間に、私は婚姻届けに丁寧に署名をした。

遅い時間に食事を摂ったけれど、シャワーの後私達はすぐにベッドに入った。疲れている私を光晟さんはギュッと強く抱きしめて呟いた。

「明日にはお前を妻にできるんだな……」

「光晟さん、私なんかで本当に良いの？」

「理子、お前は、なんだってそんなに自信が無いわけ？」

光晟さんには私の気持ちは理解できないのかもしれない。だって、私達はちゃんとした出会いじゃなかったし、私は親との揉めごとも自分で解決できないような人間だ。

「今日だって光晟さんに迷惑かけてしまって……それに、最初の出会いから、パーキングで倒れた所を助けられるなんて、情けない女だし……」

「違うぞ」

「違わないわよ。実際そうだもん」

「そうじゃなくて、お前に会ったのは高速に入る前のコンビニ」

「え？　コンビニ？」

「そう、コンビニ。お前入っただろ？」

「入った……かも」

私、コンビニで何をしていたっけ？　光晟さんにコンビニで出会った？　全く覚えていない。こんなに強烈な人に出会って、憶えていないってことあるかな？　過去の記憶を辿っていると、光晟さんが説明をしてくれた。

「ボロボロの軽自動車から颯爽と出てきたと思ったら、側溝にヒールをひっかけて……」

「あっ！」

そう、大好きなピンクのピンヒールをコンビニの駐車場で壊して車に戻って泣いたんだった。

「車からスッと出た脚が綺麗だった」

「ええっ？」

「面白いから、ずっと見ていた」

面白いって……微妙。

「ドライビングシューズに履き替えて、コンビニで水とガムを買ったの。高速を生まれて初めて運転するからって、緊張してサンドイッチを買うのを忘れて……。ね、パーキングで一緒に食べたでしょう？」

「ああ。コンビニの入り口を自動ドアと間違えて、しばらく立っていただろう？」

「うっ……どうしてそれを」

「理子、顔が赤いぞ」

「その後、店から出てきたドライバーのおっさんに会釈して店内に入ろうとしたけど、後ろから来たばあさんに気が付いて、重いドアをずっと押さえて待っていただろう？」

「はぁ……」

思い出した。たしかに自動ドアと間違えてしばらく立っていたら、男の人がガラスのドアを押して店から出て来て、自動ドアではないことにそこで気が付いた。すごく恥ずかしかったけど、後ろからお婆さんが来たから、赤面しつつドアを開けて待っていたのだ。だっておばあさんにはあのドアは重すぎるから。

「買い物が早かった。コンビニで買い物する女は、だいたい無駄にウロウロして、時間を浪費するものなのに」

「はぁ……光晟さん、それをずっと見ていたの？」

というか、普通そこまで詳細に覚えているかなぁ。何なの、その詮索欲と記憶力。

「ごみ箱の前にバイクを停めていたからな、全部見ていた」

「高速を走っている間も、後ろからずっと見ていたの？」

「コイツどんな運転をするんだろう……って興味が湧いて、ずっと見ていた」

「私ね、後ろを走るライダーは、きっとオジサンだから安全運転なんだろうなって思っていたの。それなのに、面白がって見ていたなんて……」

「俺、あの時ストーキングしていたんだよ」

「やだ」

ゾクッとする……草原のチーター？　さしずめ私は獲物のガゼルとか？

「理子、キモイ？」

「ちょっと。あ、でも……そうでもない……かも」

光晟さんが、私のアゴを持ち上げ、ペロっと私の唇を舐め上げた。

「姫野を責められないな。俺はストーカーだ。理子、嫌なら今すぐ俺を振ってもいいぞ」

そう言って何度も私の唇にキスを落とす。私はキスの合間に光晟さんに答えた。

「ううん。私は光晟さんがストーカーだったとしても……そのおかげで知り合えたんだから大丈夫。ずっと一緒にいたい」

「俺も同じだよ。理子がヘタレだろうが関係ない。何があっても絶対にお前を離さない」

「ん……ふぁ……」

キスの合間に私が欠伸をすると、光晟さんは欠伸さえも呑み込んでしまうように大きく口を広げて私の唇や顎を甘噛みする。瞼や頬、耳に優しいキスを感じながら、私は幸せな眠りについていった……。

16　結婚します

夢を見ていた気がする……子供の頃の夢だ。

多分、私が幼稚園の頃だろう。出張する父がベッドに寝ている私の所にやって来て、頭を撫でて声を掛けてきた。私は寝たふりをして返事をしなかった。きっと拗ねていたんだと思う。『理子ちゃん、お父さん行ってくるよ。お土産をたくさん買って帰るから、良い子でいるんだよ』

お父さん行ってらっしゃい。理子は良い子でいるから。そう言いたかったけれど、私は意固地になって、ずっと寝たふりをしていた。……そうだ、翌日のお遊戯会に出席してくれない父に腹を立ててたのだ。ひっそりと部屋を出ていく父に私は何も言ってあげなかった。父が階段を降りていく音を聞きながら、拗ねて涙を流していたのだった。

目を閉じたまま、今まで見ていた夢の内容を反芻していた。とても懐かしい……暖かで、哀しくて、優しい夢。そのまま私はまた夢の中に戻っていった。

部屋が乾燥していたのか、コホンと咳をして目を開いた。咳の音で目覚めた光晟さんが私の素肌に手を這わせ、耳朶に軽く歯を立てる。その温かさに包まれて、私は安堵のため息を漏らした。

光晟さんは、そのまま後ろから私を羽交締めにして、夜具の中に手を差し入れると、やわやわと胸を撫でる。両胸の先端を指で摘んで捏ね始めた。ジィ……ンと甘い痺れが背中を走った。

「あ……や」

「何時だ？　……七時か……食事まで時間があるな」

擦れた声でそう言うと、下に伸びてきた手がぬかるんだ場所に入りこんで来る。そのまま指を動かされて私は堪えきれずに声を上げていた。

「あぁッ………………！」

固い屹立が、背後からお尻を突く。

「理子、挿《い》れたい。良いか？」

「んっ……いい……よ」

避妊具のパッケージを破る音が聞こえる。うつ伏せで横たわっていると、腰を掴まれて唇が肌に当ったのを感じた。尾てい骨の辺りから、背骨を伝って舌を這わされてまた声が漏れる。

「理子、膝をついてごらん」

低く甘い声が背骨を伝う。ゾクゾクッと体が期待で震えてきた。言われるままに膝を立てて枕に顔を埋めると、胸を掴まれてやわやわと撫でさすられる。耳朶を噛まれて舌が耳の中に入ってきた。

「んんんっ……」

漏れそうになる声を枕に閉じ込めて、私は快感に蜜を滴らせる。その蜜を求めて手が伸びてきた。固い蕾のまわりを蜜が絡んだ指で丸く撫でられて、腰がヒクヒクと痙攣した。

何度も指で撫でられて、蕾は赤く腫れていく。

「んんん……ッ！　んぁ……っ……あ、やぁ……イッちゃ……う」

「イケよ」

長い指が蜜を掻きだすように動き、中の壁を擦る。そのたびに私はまた声を上げていた。昨夜はホテルの薄い壁の向こうに人の気配は感じられなかったけれど、廊下に声が漏れ聞こえる可能性もあるのに、私は声を我慢できない。

「あぁッ……！　あ、イッ……！」

自分の中を掻きまわす、淫靡な音を聞きながら私は達していた。こんな朝早くから。腰を高く突き上げたまま、枕に顔を埋めて息を整えていると、すかさず腰に手が掛けられた。蜜口に馴染みのある熱を感じた直後、剛直がズン……と私を貫く。

「……ヒィッ！」

一気に最奥まで貫かれて、私は悲鳴を上げてしまう。でもそれは、痛みや驚きではなくて、私の中がいっぱいに満たされて、一気に痺れるような快感に襲われたから。

（あぁ……気を失いそう）

ジュクジュクジュクジュク……蜜の滴る音が部屋を満たす。ゆっくりと抽挿を繰り返していた剛直を私の中の粘膜が物欲しそうに絡みつき締め付けるのがわかる。

「あぁ……理子、お前の中気持ち良すぎる。……イッていいか？」

このまま一日中繋がっていたらどうなるんだろう？　気持ち良すぎて気が狂うのかもしれない。でも、もっと強く深く感じたくて、私は光晟さんに許可をあげた。

「……ん」

その合図で、光晟さんは抜き去る寸前まで一気に腰を引いた。そして、また最奥まで突く。その動きが早くなって、私はヘッドボードまで押されてしまった。腰をガッシリと摑まれて、元の場所まで後退させられる。そして、また……。

パンパンパンパンパン……。肌が激しく当たる音がするたびに、その衝撃で私の胸が揺れる。赤く染まった先端がシーツに擦られて、私はまた声を上げた。

「あっ、や、こうせいさんっ……！　あぁッ――！」

奥をゴリッと抉られて、強烈な快感に包まれた。自分の中がこれ以上ないくらいに剛直を締め付けるのがわかる。光晟さんの声を遠くに聞きながら、私は快楽の海に沈んだ。

「理子、ヨダレが出ている」

ハッと体を起こすと、光晟さんが私の口元を指で拭っていた。

「ごっ、ごめんなさい」

体の隅々と言わず、恥部まで知られているのにも関わらず、ヨダレを見られるほうが恥

ずかしい。口元を触ると、本当に唾液で濡れていた。

(やだもう……私ったら。今度はヨダレだなんて……)

一人でモジモジしていると、光晟さんはさっさとシャワーに向かっている。

「理子、一緒に入るか?」

「いっ、いいえ! 後で入ります」

朝食の後すぐに、光晟さんは向井病院に向かった。私は言われた通りに戸籍謄本を手に入れると、その足で会社に行くことにした。

昨日は本当にいろいろなことがありすぎて、頭の中で整理ができなかった。姫野先生の件でいきなり父に激怒されたこと。それから、佑樹さんの事情。そして、光晟さんとの結婚……。

光晟さんの勢いに流されるように家を出たけれど、それについては後悔をしていない。佑樹さんが両親を説得してくれることを信じているし、父の気持ちが落ち着いたら私も自分の考えを話すつもりだ。

私の気持ちは一ミリもぐらついてはいなかった。光晟さんと一生を共に生きる。もう決めた。今朝光晟さんの腕の中で目覚めた時に、頭の中がスッキリと冴えわたって、ある光景が頭の中に浮かんだのだ。両親の世話をしながら、私が仕事をする場所が。

私は、父に認めてほしくて地元の国立大学を必死に卒業した。そして、一流企業に入社したかった。いつまでたっても私を認めない父に反発していたけれど、それは逆に私が父に認めてほしくて足掻いていた証しだったのだ。

父が病気になって我が家に変化が訪れたけれど、私の認識の中の父は、変らず厳しい人だった。でも昨夜、初めて弱気な姿を見て、その父親像にヒビが入った。

今までの印象は、間違いだったのではないか？　むしろ、父は私を頼っている。私は佑樹さんと共に両親と会社を助けなくてはいけない。いざという時には佑樹さんのことも……。

ホテルで朝食を摂っている最中、私はこれからのことを光晟さんに相談していた。

「私、会社を辞めて、タチバナを手伝うと決めました」

「ああ。俺も愛媛の親父が引退するまでは香川を離れないし、理子の好きなようにすれば良い。親父さんも喜ぶだろう」

「うん……でも、父の後継者っていう立場じゃなくて、企画や広報に興味があるのだけど……」

「従兄さんがいるから、理子はそれで良いんじゃないか」

「でも……」

私が言葉を濁すと、光晟さんはこともなげに言った。

「ハンチントンだろう？　ホテルに戻ってから、彼から長いメールが届いたよ」

「ええっ⁉　いつの間にメール交換なんてしていたの？」

「理子を車に置いていた時だ。名刺交換をした際に、面倒な事案があるのでメールすると言われた。これで親父さんの無茶振りの理由が判明したけどな。しかし、彼は遺伝していないほうが濃厚だな」

「どうしてわかるの？」

これだけ両親や佑樹さんが悩んでいたのに、光晟さんが簡単に遺伝を否定したことに私は驚いていた。私の問いに、光晟さんは理由を明かしてくれた。

その理由とは……。

ハンチントンは三十から五十代の間に発病することが多い。父親からの遺伝なら発病年齢はさらに若くなる。叔父さんが失踪したのは、佑樹さんが十二歳の時で、失踪以前から奇行が目についていたのなら、おそらく病気の発症は三十代の初め。佑樹さんは二十代後半で、今現在、病気の兆候は一切見られない。以上の理由で、佑樹さんはシロの可能性が高いと言うのだ。

「ま、父親の発症推定年齢になっても発症しなければ、病気の遺伝はないってことだな。まれに例外もなきにしもあらずだが」

「佑樹さんは、病気のことがあるから一生結婚しないって言っていたのよ」

私は佑樹さんにそのことを知らせてあげたいと言ったのだけれど、光晟さんは首を振った。

「俺が手短に返事を書いたから良いよ。それに、彼はそれくらいのことは調べ上げているに違いない。それでも一生結婚をしないと言うのなら、理由は別の所にあるんだろう。

そっとしておいてやれよ」

光晟さんは知識があるだけではなくて、多角的に物事を捉えているのだとわかる。

（本当に不思議な人だ……）

悪魔と言われて恐れられ、陰で揶揄されているけれど、実際には優秀な外科医で、ただ仕事に厳しいだけ。私の中ではそんな認識だったのだけれど……懐に入ってみれば、本当の意味で『優しい人』で、物事を瞬時に的確に判断して動いてくれる。そして、時に厳しいけれど、実はこちらの知らない所で思いやってくれている。

（こんな人……どこにもいない）

私は、高速道路での光晟さんとの出会いを、奇跡のような出来事だと感じていた……。

いや、最初の出会いはコンビニだった。

会社の近くまではタクシーで向かった。少し前で降ろしてもらって、小さな公園のベンチに座り実家に電話を掛けた。すぐに出た母に話しかける。

「お母さん、私」

「理子！　今どこにいるの？」

「うん。公園のベンチ。お父さんは？」

「今日は久しぶりに佑樹さんと会社に行ったわ。大澤さんに理子を攫われて朝から怒っていたんだけど、逆に元気になっちゃって……」

「え、そうなの？」

驚いてベンチから立ちあがる。ありえない……あれだけヨロヨロしていたくせに……。

「目が覚めたみたいね。俺もアイツに負けられないって」

「アイツって光晟さんのこと？」

「そうよ。あれだけ鮮やかに持って行かれちゃったら、対抗心に火が付いたみたいよ」

荒療治が逆に良かったってこと？　私は肩から力が抜けたみたいにへなへなとベンチに手を突いた。

「よかった……」

「それより理子、大澤さんと結婚するの？」

「はい。今日入籍します」

「そんな……ちゃんと結納から始めるってことはできないの？」

一連の儀式さえ拒否したのは父なのに、今更そんなことを言われても光晟さんを止めることは無理だ。

「お母さん、私達の好きにさせて下さい」

母はため息を付くと、小さく「そうね」と呟いた。

「理子がこの人って決めたんだから……お母さんも大澤さんなら良いと思うわ。ただ、きちんと式や披露宴はしてやりたいのよ」

「それはまた光晟さんと相談します。それから……」

私は母に会社を辞めると伝えた。そして、光晟さんが高松に転勤した後は正式にタチバナに就職をすることに決めたと言ったのだ。

「ええっ、本当に？　まあ、嬉しい！　お父さんに連絡しなくっちゃ」

「お母さん、落ち着いてよ。どうせ明後日にはそっちに帰るんだし……いずれにしても、会社に辞表を受理してもらわなくちゃ始まらないわ」

私はベンチから立ちあがると、小塚製薬が借り受けているビルを見上げた。

「さ、行こう！」

本当に少しの間だったけれど、会社では濃い経験をさせてもらった。認定試験まで受けたのに、結果を待たずに退職することに申し訳なさを感じているけれど、この会社に就職できて本当によかったと思う。だって、この支店に配属されなければ、光晟さんとは再会することもできなかったのだから。

辞表を出す結果になったのはつらいけれど、優しい上司や田中先輩との繋がりが全くなくなってしまうとは思えない。大手の製薬会社と地方の食品卸売り会社だけれど、ひょんなことで、仕事での関わりができるかもしれないし。

そう思うと……過去のすべての出会いにはひとつも無駄がなくて、全てがこれからの未来に繋がっていくのだな……と感慨深い。

つい先日まで高い壁だった父は、私を奮い立たせる大きな原動力だったし、これからも私は父に認めてもらうことを励みに仕事を続けるのだと思う。

いつか父に素直に言える日がくると良いな……『ありがとう』って。

17　番外

入籍してから、ひと月が経った。まだ高松に転居していないので、タチバナへの出勤は週一といったところだ。私が光晟さんと実家を飛び出した夜のことを、母が繰り返し話すので、最近では耳にタコができた。

「『卒業』っていう映画の、ダスティン・ホフマンみたいだったわぁ～」

そう言ってウットリするのだけれど、そんな映画は観たことがないし、ホフマンって誰？

あの夜のことが遠い昔に感じるほど、私の毎日は慌ただしく過ぎていく。今日は、高松の実家に顔をだした後、向井院長の自宅に光晟さんと向かった。そこは、栗林公園の近くという好立地の、とんでもなく大きなお屋敷だった。初めてお目にかかる女性達は、光晟さんの従兄さんの奥様達と、玉井先生の奥様の雅姫《まさき》さん。

院長先生の奥様、美穂《みほ》さんには向井病院でお会いしているので、「お久しぶり！」と、にこやかに迎え入れられて、ちょっと焦ってしまう。まだMR時代の感覚が抜けきれないのだ。

副院長である征司《せいじ》さんの奥様の愛生《あき》さんは、エキゾチックで麗しい。そして……雅姫さんは、黒髪が印象的な清々しい美女だった。挨拶を交わした直後に手をギュッと握られ、満面の笑みで祝福される。

「ご結婚おめでとうございます。光晟が結婚できたなんて、嘘みたい。……もう私、嬉しくって！　理子さん、ありがとう！」

「こ、こちらこそ、ありがとうございます」

まさか、従姉さんに感謝されるとは思ってもいなかった。私が戸惑うほどに、光晟さんの結婚は、親族間で驚愕のニュースだったようだ。

「で、聞きたいんだけど……深夜の花嫁強奪ってどういうこと？」

雅姫さんの唐突な質問に一瞬戸惑ったけれど、期待に満ちた瞳で笑いかけられて、途端に私の緊張がほぐれた。こういう率直さは好きだ。だから私も素直に応えた。

「頑固者の父に交際を反対されて、光晟さんに電話をしたんです。そのときに、三択で光晟さんを選んだら、こんなことに……」

爆笑。

「理子、正直に言うなよ」

光晟さんが苦笑している。雅姫さんに、光晟以外の選択肢ってなに？　と聞かれたので、私はまた即答した。

「両親と会社です。究極の選択を強いられました」

「えぐい！」

雅姫さんが天を仰いで悶絶《もんぜつ》する。光晟さんの性格がわかっているからこそ、ウケるのだろう。当時はめちゃくちゃ追い詰められて、大泣きで選んだけれど、今では笑い話にできる。

「理子さんに選んでもらったからには、絶対逃さないって、光晟必死だったんだね。入籍が超早かったし」

「あっ……雅姫さん、その節はお世話になりました」

婚姻届を用意してくれたのは雅姫さんで、保証人になってくれたのは、その夫の玉井先生だったのだ。それにしても、あの時の光晟さんは用意周到だったなぁ。

「光晟、最初から謀っていたのか？」

「成り行きだな」

征司さんに問われて、余裕の表情で答えている。あの時は、自分も必死だったくせに……と、私はチラッと光晟さんを睨んだ。でも、全てが光晟さんの思惑通りに進んだ気がして、後に策略説を疑ったのは確かだ。

光晟さんと征司さんが仕事の話をしている間に、私は玉井先生と雅姫さんから昔話を聞いていた。

「理子、何をコソコソしているんだ？」

察しがいいから、すぐにバレてしまう。

「君のヤンチャ時代の話をしていたんだよ。気にするな」

「……玉井先生、刺された後、どうなったんですか？」

「理子！」

また、声が飛んできた。

「高校生の時のお話をお聞きしていたんです。別に変なお話じゃないですよ。それとも、聞かれたらマズイことでもあるんですか？」

「……別にいいけど」

私達のやりとりに、雅姫さんがプッと吹きだす。

「雅姫、黙れ。コロス」

「すごい、光晟が骨抜きだ。これは笑える！」

殺害予告をされた雅姫さんは、まったく気にしていない。

「でもあの時さぁ、時計くらい渡せば良かったのに」

「時計？」と、征司さん。

「伯父貴から高校生になった祝いにもらったものだから、ヤクザ予備軍にくれてやるわけにはいかないだろ」

「俺も貰ったぞ。たしか兄貴も貰っているはず」

「えっ、征司たちも？　うそぉ……私は娘なのに、なんにも贈られてないわよ！」

雅姫さんが立ち上がって悔しがるけれど、玉井先生はニコニコと笑ってそれを見ているだけだ。内心では、時計なんて俺が買ってやるから、どうでもよくね？　くらいのことを考えているのかもしれない。

「ウルサイ、なんで女なんかに！」

光晟さんと征司さんのセリフが最悪だったので、女性陣が呆れ顔を向ける。

この男ども……学部長とはいがみあっているように見えても、案外男同士で結託しているのかもしれない。

それにしても、この集まりは、とっても心地よい……。楽しい集まりなのに、私は眠くて仕方なく、ついウトウトしてしまう。愛生さんが心配して声をかけてくれる。

「理子さん眠いの？　疲れているのかしら」

「最近、眠くて仕方がないんです」

それを聞いていた雅姫さんが、ハッと顔を上げる。

「もしかして……」

「？」

コソコソと女性四人で内緒話をする。

「それほど眠いってことは、妊娠だったりして」

「えっ！」

妊娠というワードに、私は一瞬うろたえてしまう。もうですか？

「検査キットがあるわよ」

この家にはなんでもあるみたいだ。美穂さんが持ってきてくれて、女性四人はゾロゾロとトイレに向かう。廊下で集合しているものだから、光晟さんが「何だ」ってやって来た。

「光晟、あっちに行って」

雅姫さんが追い払ってしまった。何気にスゴイ。

個室に入って、検査をしてみると……。ビックリ！　赤紫のラインが二本、くっきりと出ていた。本当……なんだよね？　それにしても、全く現実味がわかない。トイレからボー然として出てきた私に、雅姫さんがワクワク顔で問いかける。

「どうだった？」

「陽性でした」

皆が息をのんだ。その後大歓声がおこる。

「光晟、何て言うかな？」

雅姫さんが、廊下でスキップを始める。

「理子さん、二人きりの時に報告する？」

美穂さんが、そっと気遣ってくれる。私の頭は混乱していたけれど、すぐにでも光晟さんに報告がしたかった。廊下からのぞき見しながら様子をうかがっていると、光晟さんがフッとこちらを振り向いた。

「理子、どうした？　顔赤いぞ」

すぐに気がついてくれるところがすごいと思う。野生の勘というか……。

「あのっ」

口をパクパクさせて突っ立っていると、私の元へやってくる。手にしているキットを見て、光晟さんは瞬時に理解してくれた。

「あぁ、そうか……。もう帰るか？」

そう言って、私の顔を覗き込む。

「おめでとう！　ラブラブやね〜」

野次る雅姫さんに、また凄む。

「雅姫、本気でコロス！」

愛妻がたびたび殺害予告をされているにも関わらず、玉井先生が笑顔でやってきた。

「理子さん、おめでとうございます。これも、ご両親のおかげかもしれませんね」

「両親ですか？」

「実家に帰られていた頃にはずっと、ご家族と食卓を囲んだんでしょう？　おかげで体重も増えて、体調が整えられたんですよ」

そう言えば……実家に戻っている間、私がどんなに遅くなっても、夕食を皆で食べることを、母はとても大切にしていた。

「お互いの相性も良かったんでしょうけどね」

玉井先生は、そう言って、光晟さんをチラっと見た。

九月、最後の週末の午後、心地よい風が入ってくるリビングで、私はいい気分で微睡《まどろ》んでいた。ちょっとお腹が痛いかな？　と、感じていたのだけれど……。

目が覚めると、お腹がまた張ってきて、足の付け根が痛くなってきた。今日光晟さんは朝から緊急手術の連絡が入ったので大学病院に駆けつけている。

光晟さんを頼ることができないので、かかりつけの産婦人科医に電話をして、タクシーを呼んだ。

入院セットは、あらかじめバッグに入れて用意している。タクシーで移動中に光晟さんに電話をしたけれど、やっぱり出てくれないので、メールをしておいた。

実家の母に電話をすると、義母に連絡をしてから駆けつけると言ってくれたので安心した。

病院に着いて、診察後に個室に入り少し気持ちは落ち着いたのだけれど、お腹の痛みの間隔が短くなっていた。

光晟さんからの返信はまだない。来てくれたら安心するのに……。

『光晟さーーん、きっと大事な命を救っているんですよね？　でも、私達も救いに来てくださーーい！』

と、心の中で叫んでみた。しばらくすると、一番近い場所に住んでいる義母が来てくれた。

「あっ、お義母さん！　忙しいのに……すみません」

「いよいよね。あら、光晟は？」

「……緊急手術の連絡が入って、大学病院にいっちゃいました」

「まっ！　あの子ったら……仕方ないわね」

そして数時間後……痛みはますます強くなる。耐えられないほどの痛みなのに、「まだこれからよ」って助産師さんが言うんですけど、本当に？

半泣きになった私にお義母さんが爆弾発言をした。

「光晟の時は、十時間ほど陣痛が続いて大変だったわ。理子さん、ちょっと何か口に入れておいたほうが良いかもね」

う……うそでしょ？

私がガクブルしていると、先生が呑気な調子で三度目の診察にやって来た。

「もうちょっとかな？」

まるでカレー鍋のでき具合をみているみたいな気軽さだ。すぐに出て行かれたので、捨てられた子猫の気分になってきた。やがて、夕食が届いたのだけれど、食欲がわかない。でもお義母さんが、絶対に食べておいたほうがいいわ。と言うので、涙目で食事をした。おにぎりを一つ食べきってお茶を飲んでいると、部屋のドアがバーンと開かれた。

「理子」

光晟さんが、いきなり病室に入ってきた。

「光晟さん、お疲れ様でした。メール読んでくれたの？」

「あ？　いや。マンションに帰ったら入院セットがなかったから、ここだろうと思って来た」

　そうですか。やけに冷静な態度なのがちょっと悲しい。私がお茶を持ってボーッとしていると、お義母さんが笑いながら病室を出て行った。気を利かせて二人にしてくれたんだと思う
　光晟さんは私の夕食をジロジロとみている。

「うまそうだな、ちゃんと食べろよ」

「あんまり入らないの。光晟さん、食べる？」

「理子、全部食べなさい」

　怖い顔をして、お義母さんと同じことを言う。

「う……はい。光晟さん、いつまでここにいられるの？」

「生まれるまで一緒にいるぞ」

「えっ、本当に？」

「うん。医長を脅して休みをもぎ取った」

　光晟さんの上司には申し訳ないけれど、正直ホッとした。また急患で呼び出されて、一人にされたらどうしようって思っていたから、本当に嬉しかった。

「理子、破水は？」

「まだちょっとずつ。パッドを敷いているの」

「ふーん、まだまだか」

「先生もそう言ってらしたけど、本当?」

「うん」

光晟さんはそう言うと、廊下に出た。

「おふくろ、メシ食べてきたら?　帰りに俺の分の弁当を買ってきてくれる?」

そう言って、また病室に戻って来た。

「さて、邪魔ものは消えた」

「?」

いきなりベッドに腰掛けて、キスが落ちてきた。私はお腹が痛くて、それどころじゃないのだけれど、気が付いたらキスに応えていた。

「光晟さん、ここに来て」

ベッドをポンポンと叩いて見上げると、なんだか嬉しそうに口角を歪める。これは笑っている印。

「しゃーないな」

靴を脱いでベッドに上がると、私に腕を回し、ギュっと抱きしめてくれた。

「ありがと……落ち着く」

「そりゃよかった」

断りもなく、私の大きくなった胸に手を沿わせると、ゆるゆると撫ではじめる。

「大きいな」

嬉しそうに言うけれど、これは光晟さんのために大きくなったわけではないから、ペチッと掌を叩いておく。

「いてっ」

「妊婦を煽らないでくださいね。それどころじゃないんだから」

そう叱ったものの、なんだか疲れて、光晟さんの肩に頭を預けた。暫く二人で話をしていたのだけれど、睡魔に勝てず、私は寝てしまった……。

目覚めると、超至近距離で光晟さんがニヤニヤ笑っていた。

「理子、熟睡していたな」

「眠くて仕方がないのよ。どうしてかしら？」

そう言って、ふと、腰のあたりが濡れているのに気が付いた。

「こ、光晟さん……私、破水したみたい。お腹もすごく痛い」

「あ、そうなの？　……お前かなり安産かもな」

そう言うと、おもむろにナースコールを押した。

安産？　あれを安産と言うなら、難産の人は、どれだけ大変なんだろう？

分娩室に入ると、椅子が独特なので、いきなり戸惑う。分娩室にも光晟さんは入って来て、先生の後ろで仁王立ちするから、私は頼もしいやら恥ずかしいやら。

先生がやりにくそうで申し訳なかったけれど、私もそれどころじゃなくなって、十分おきくらいにやってくる陣痛に、痛い痛いと叫びまくった。光晟さんは側にきて、私の手を握りしめ低い声でなだめてくれる。助産師さんの邪魔にならない程度に、私の体を撫でて汗を拭いたりと、世話をやいてくれたけれど、そんなのどうでもいいくらい、痛くて怖くて無我夢中だった。

それでも、光晟さんのいう通り、一時間後には出産が終わるというスーパー安産。やっと終わった時には、感激よりも先に安心の涙がどっと出てきて、わんわん泣いた。高松の母と佑樹さんが到着した時には、私は疲れきってベッドで休んでいた。隣の小さなベッドにはベイビーちゃんもいる。

「まぁまぁまぁ。理子っ！」

母は言葉にならなくて、泣いている。

ベイビーちゃんが出てきたときには、とにかく無事に生まれてきてくれたことが嬉しくて、どっと安心感に包まれた。初めて抱かせてもらったけれど、泣き叫んで顔が真っ赤だし、誰に似てるかも判別できなかった。二度目に看護師さんが連れて来てくれたときに初めて、光晟さんそっくりの切れ長の目と整った顔立ちだと分かって、凄く嬉しかった。

「俺に似ているって？　それより、理子に似てないか？」

「これが、貴方以外の誰に似ているって言うのよ」

お義母さんに思いっきり否定されて、首を傾げている光晟さんが少しだけ可愛く見えた。ベイビーちゃんの鳴き声は、すごく大きくて、お義母さんが呆れかえる。

「声の大きい所まで、光晟にそっくりだわ」

(私もそう思う。ミニ光晟だわ)


出産後、実家に帰ることを迷っていた。光晟さんが「いてくれ」って言うし、やっぱり側にいたくて、自宅マンションに残った。

その代り、お義母さんが医院の診療を週一にして、しばらくの間同居してくれることになった。色々助けてくれたから、私は、産後の体を上手にリセットできたんだと思う。気を使うから嫌じゃなかった？　って、友達に聞かれたけれど、気を使う余裕なんかない。とにかく授乳の合間に睡眠をとるのに必死で、私は『生きるか・死ぬか』くらいの状態だった。そんな時にお義母さんが、掃除洗濯、私たちの食事の世話までしてくれるから、本当にありがたかった。

それと、光晟さんの知られざるエピソードを色々教えてくれるのも楽しかった。長男の佑晟《ゆうせい》がようやく寝入ってくれた午後、お義母さんが小声で話をしてくれる。

「光晟は、中学から全寮制の学校に入ったから、一緒に暮らす期間が短かったのよね。母としては、今すごく新鮮だわ」

お義母さんにも、この同居は新鮮で楽しいものだったとわかって、私も嬉しい。

「どうして全寮制に入ったんですか？」

「本人が望んだのよ。ウチが退屈だからって」

「そうなんですか」

「どうしてだか、他の子供達と違って、早くに大人の自覚ができ上がってしまったのね。鋭すぎて扱いにくい子だったわ。生真面目な父親とも折り合いが悪かったし、思春期の時期に一旦親元から離れたのは、あの子のために良かったと思うわ」

　初めて聞く、光晟さんの子供時代の話に、私は釘付けになっていた。

「高松の従兄達も、似たようなものだったらしいけど……光晟は、司務《つとむ》兄さんの長女の雅姫ちゃんとは特にウマが合ってね。でも、司務兄さんの家で同居って言うのは、女の子が三人いるからまずいでしょうということで、本人が全寮生の学校に行くと決めたの。まぁ、散々遊びまわっていたらしいけど」

「そうだったんですか」

「医者になっても、あの性格はねぇ……まわりから恐れられていたんでしょう？」

「あ……」

「悪魔みたいって、揶揄されていたと聞いているわ」

「はい……。そうみたいです」

「でも、理子さん、よくあんなのと一緒になろうと思ったわね。あの子は、見てくれは良いけど横暴だし、雅姫ちゃん以外の従姉妹達とは口もきかないし……あなた、光晟が怖くなかった？」

「それが、全く怖くなかったんです。反対に、優しい人だと思って……」

「ええっ⁉」

お義母さんが仰け反った。

「実家の父が厳しい人で、とにかく我儘を言わせてもらえなくて……そのせいでしょうか、光晟さんに会った時、怖さを感じなかったんです」

「それは、ご実家のお父様に感謝だわ」

「あっ、そうなんですね……お義母さん、私、今やっと気がつきました」


父と光晟さんは、似ているのかもしれない。愛情の示し方を知らない父と、極端に愛想のない光晟さん。父に反発しながら、私が選んだ人は父と同類だった。

高松の父は、仕事復帰したけれど、また少し具合が悪くなり、今は糖尿病の治療の為に向井病院に再入院している。落ち着いたら、長男の佑晟に会わせてやりたい。そして、超安産の話をして、笑ってもらわなくちゃ。

（待ち遠しいなぁ。お父さん、待っていてね）

私の出産の後も、医長を脅して休みを奪取した光晟さん。数日間ではあったけれど、休みの間はお義母さんと共に育児や家事に参加してくれた。私はそんなこと考えてもいなかったから、本当に驚いた。その代わり、休み明けから大学病院で思いっきりこき使われたのは言うまでもない。けれど、仕事でヘロヘロのはずなのに、私が寝ている時に佑晟がぐずると、誰よりも先に世話をしてくれた。そのイクメンぶりに驚愕したのは、私よりもお義母さんだ。

「これは、親戚中に言わなくちゃ」

って、ニヤニヤしていた。お義母さんったら……光晟さんに殺人予告されますよ。

午前一時、激務を終えて帰宅後、オムツを替えている光晟さんに声をかけた。

「光晟さん、無理しないでね。疲れているんでしょう」

「理子、お前は無理してないのか？」

「えっ？」

「お前が大変なのに、俺だけ楽はできない」

その一言に、私泣けちゃった。

そんなこんなで、今日は実家に帰省中。父がようやく退院することができたので、生後二ヵ月の佑晟と初のご対面だ。

高速を走行中……佑晟はさっきミルクを飲んだから熟睡している。私も眠くなってウトウトしていたのだけど、どうしても光晟さんに聞いておきたいことがあって……今がその時かもと、勇気を出して尋ねてみた。

「あのね、光晟さん」

「ん？」

「あの……佑晟が生まれた時ね」

「うん」

「……」

「なんだよ理子、聞きにくいことか？」

「そうなの。聞いても良い？」

「いいから、言えよ」

「もしかして、光晟さん泣いた？」

「泣いてない」

メッチャ答えが早かった。

「本当に？」

「……」

おかしいなぁ。

あの時、あまりの痛さに意識朦朧だったけれど、『光晟さん助けて』って、主治医の後ろで仁王立ちしていた光晟さんを、ずっと見つめていたから、見逃すはずがないんだけどなぁ。

光晟さんの頬に零れた涙。

その理由を本人から聞きたかったのに、泣いてないって言い切られたら、聞けなくなっちゃう。そうこうしていたら、佑晟が泣き出したので、パーキングに入ってもらいオムツを替えた。トイレで用を済ませて、水を買って急いで車に戻ったら、誰もいなかった。

「あれ、どこに行ったんだろう？」

キョロキョロと必死にあたりを探したら、ベンチの近くの日の当たる場所で、佑晟を抱いた光晟さんがいた。急いで駆け寄ると、光晟さんが穏やかな顔でこちらに視線を向けた。

「こいつ、機嫌いいぞ」

「日光浴させてくれていたの？」

「ああ」

佑晟が笑顔で私に手を差しのべてきた。


ゆっくりと高速を走って、実家に着いたのは午前十一時。

久しぶりの実家は、私にとって、すっかり居心地の良い場所に変わっていた。父に反発して過ごした数年間は何だったの？　という思いが頭をよぎるけれど、もしかして、それは必要な通過点だったのかもしれないと、今では思ってしまう。そうやって、私は親離れを、両親は子離れができたのだと思うから。


「理子！　佑晟！」

信じられる？　父が、糖尿で痛む足を引きずりながら、玄関先に迎えに来たのよ。あの父が！　私を見ると、いつも顔をしかめて小言を言っていた父が。

私が子供のころから住み込みで働いている、おばあちゃんの家政婦さんも涙ぐんでいる。母は光晟さんからお土産を受け取って、満面の笑みで私に耳打ちをする。

「理子、やっぱり男前だわねぇ」

「でも、ホフマンには似てないよ」

ググったら、ダスティン・ホフマンに光晟さんは全然似ていなかったのだ。それを母にいうと、雰囲気よ、雰囲気。って、手をヒラヒラさせた。雰囲気も全然違うと思うけど。

皆が佑晟を囲んでいると、母が言う。

「光晟さんにそっくり」

私もそう思うけれど、なぜか不満げな光晟さん。

「理子の方に似ていると思うんだけど、俺の方ですか？」

母と私、家政婦のおばあちゃんもウンウンって頷いていたのだけど、父だけが別意見のようだ。

「理子に似ているぞ、眉や顎なんか」

また⁉　そんな目立たない場所を似ているって、どうなの？　と、呆れていたら、光晟さんが嬉しそうに相槌を打つ。

「ちょっと困った時の理子の眉毛なんですよね」

うんうん。と、父がうなずく。何なの、この感じ。敵同士だった男二人の息が合っているんですけど。私はマジマジと我が子の顔を覗き込んで確認するけれど、どう見てもミニ光晟だ。

「本当に～？」

「顎もお前に似ている。細くてキュッて、ちょっと上向きな所」

私達が騒いでいる間、佑晟は全く動じず熟睡中。性格は光晟さんにそっくりですよ。

今回も、父に感謝の気持ちを伝えるタイミングを逃して言えずじまい。でも、すごく喜んでくれたから、良しとしようかな？

昼食を皆で頂いて……泊まっていけとうるさい両親を、「次回は、泊まりの用意をしてくるから」と、なだめる。そして、実家を出たのが午後三時。その後は、玉井先生のお宅へ向かった。

「いらっしゃい！」

雅姫さんが、満面の笑みで迎えてくれた。ここでも……。

「うわ、光晟そっくりね」

って、雅姫さんが佑晟を見て笑う。しかし、玉井先生が冷静な目で数秒眺めた後、

「顎が理子さんですね？」

その言葉に、光晟さんが満足そうな顔でうなずく。

私は雅姫さんに、小声で報告した。

「父と光晟さんが、私に似ているって意見が合っちゃって、ビックリしました。おまけに玉井先生までも……」

「私のオヤジも、似たようなことを言っていたわよ」

「？」

「真っ赤な顔で、ゴンゴン泣いている新生児を見て、『雅姫にソックリだ』って言ったのよ。なんとも親バカっぷりが、恥ずかしかったわ」

「どこも、そんなものなんですか？」

「そうみたいよ」

「あの、それからですね……光晟さんって、イクメンだったんです」

嬉しくて、早速雅姫さんに報告したら、

「嘘っ！　マジで？」

驚愕の声を上げる。かなり驚いたみたいで、そのあと光晟さんをまじまじと見つめていた。私と雅姫さんがコソコソ話をしているのを、ずっと気にしていた光晟さんが……。

「理子、また雅姫と内緒話して……お前、まさか」

「えっ？　あのことは言っていないですよ」

光晟さんは、涙の話をしていたと勘違いしたみたい。

「何？　あのことって？」

それを聞きのがす雅姫さんではないから、すかさず話に入ってくる。

「もういい、理子帰るぞ」

「来たばかりじゃないか、お茶でも飲んでいけよ」

玉井先生が止めるのだけれど、光晟さんはすでに玄関に向かっている。雅姫さんがニヤニヤしながら、『後で教えて』って、口パクで言ってきた。

私は、笑いながら首を振って、『ナイショ』って口パクを返した。そして、雅姫さんと二人で笑った。


光晟さん、私の出産の時に涙を流したあなたの姿は、私の心に焼き付けて大切にしまっておきます。それは、誰も知ることのできない私の宝物です。

光晟さん、いくら否定してもダメですよ。

あの時、たしかに私は涙を見て、ひどく心が震えたんですから……貴方の愛を確信して。

END

あとがき

こんにちは。連城寺のあです。

光晟と理子の物語、お楽しみ頂けたでしょうか?

本作のエピソードの中には、実際に起こったことをヒントにしたものがあります。冒頭、車の運転に緊張しすぎて倒れた理子が光晟と出会いますが、実は私も同じ経験をしました。

何年も前の正月のことです。生まれて初めて高速道路を運転して、やっとたどり着いた金比羅宮の階段を登っていたところ、急に目の前が真っ白になり倒れたのです。

残念ながら、光晟のようなイケメンドクターに助けられることも無く、自力で回復したのですが……しんどかったです(泣)。

しかし、どんな経験も無駄にはならないものですね。

本作のヒーロー、光晟について。細マッチョのイケメンドクターだなんて、現実には滅多にお目にかかれないですよね？　ですので、妄想をメチャクチャ大きく膨らませています。

本文ではご紹介できませんでしたが、彼は全寮制の高校に在学中、有り余るエネルギーを発散させる為に、ラグビー部に入りウイングのポジションにいたとか、生まれて初めて一目惚れした理子を、逃す気は最初から無かった……とか。

そんな本作ですが、嬉しいことに、今回のイラストもデビュー作と同じく氷堂れん先生が担当してくださいました。キャラクターの感情や、その場の空気まで感じられるような、素晴らしいイラストです。先生、ありがとうございました。

他にも……編集様。本著に携わって下さった全ての方に、心からの感謝を申し上げます。

最後に、読者様に最大級の感謝を。この物語から、少しでもワクワクドキドキを感じて頂けたら、こんなに嬉しいことはありません。

ありがとうございました！

連城寺のあ

本書は、電子書籍レーベル「らぶドロップス」より発売された電子書籍『再会した彼は史上最強の悪魔Dr.でした』を元に、加筆・修正したものです。

★著者・イラストレーターへのファンレターやプレゼントにつきまして★
著者・イラストレーターへのファンレターやプレゼントは、下記の住所にお送りください。いただいたお手紙やプレゼントは、できるだけ早く著作者にお送りしておりますが、状況によって時間が掛かる場合があります。生ものや賞味期限の短い食べ物をご送付いただきますと著者様にお届けできない場合がございますので、何卒ご理解ください。
送り先
〒160-0004　東京都新宿区四谷3-14-1　UUR四谷三丁目ビル2階
(株)パブリッシングリンク
蜜夢文庫 編集部
○○（著者・イラストレーターのお名前）様

私を（身も心も）捕まえたのは史上最強の悪魔《デーモン》Dr.でした

2020年9月30日　初版第一刷発行

著……………………………… 連城寺のあ
画……………………………… 氷堂れん
編集……………………………… 株式会社パブリッシングリンク
ブックデザイン……………………………… おおの蛍
（ムシカゴグラフィクス）
本文ＤＴＰ……………………………… ＩＤＲ

発行人……………………………… 後藤明信
発行……………………………… 株式会社竹書房
〒102-0072　東京都千代田区飯田橋2－7－3
電話　03-3264-1576（代表）
03-3234-6208（編集）
http://www.takeshobo.co.jp
印刷・製本……………………………… 中央精版印刷株式会社

■本書掲載の写真、イラスト、記事の無断転載を禁じます。
■落丁・乱丁があった場合は、当社までお問い合わせください
■本書は品質保持のため、予告なく変更や訂正を加える場合があります。
■定価はカバーに表示してあります。
© Noah Renjoji 2020

ISBN978-4-8019-2400-0　C0193
Printed in JAPAN